月下讀詩

琹涵 著

目次

寫在前面：詩，是心中永恆的歌　9

卷一●春風動春心，流目矚山林

野趣——唐·王績〈野望〉：東皋薄暮望　20
惆悵裡的溫馨——唐·劉禹錫〈再遊玄都觀〉：百畝庭中半是苔　24
記憶裡的樟樹——唐·韋應物〈對芳樹〉：迢迢芳園樹　31
古樹見人老——唐·徐凝〈古樹〉：古樹欹斜臨古道　36
茶的記憶——唐·白居易〈山泉煎茶有懷〉：坐酌泠泠水　41
採訪初體驗——唐·王維〈臨高臺送黎拾遺〉：相送臨高臺　46
追求完美——唐·熊孺登〈送僧〉：雲心自向山山去　52

初春的植物園——唐．賀知章〈詠柳〉：碧玉妝成一樹高 56
春來的時候——宋．劉克莊〈鶯梭〉：擲柳遷喬太有情 61
微雨裡的閒情——宋．晁沖之〈春日〉：陰陰溪曲綠交加 66
窗前風景——吳聲歌曲．〈子夜四時歌七十五首其一．春歌之一〉：春風動春心 71
一竿竹——唐．張繼〈山家〉：板橋人渡泉聲 75
山徑上的落葉——唐．王維〈木蘭柴〉：秋山斂餘照 80
跟著捷運四處走——唐．溫庭筠〈商山早行〉：晨起動征鐸 83
悠閒的心——東晉．陶淵明〈時運四首其一〉：邁邁時運 88

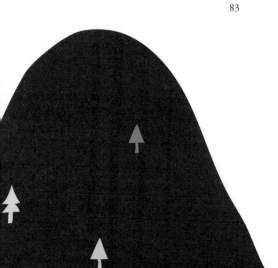

卷二●浮雲遊子意，落日故人情

娉婷，一朵紅蓮——南朝．蕭衍〈子夜四時歌．夏歌之一〉：江南蓮花開 96
慶端午，懷屈原——唐．戴叔倫〈題三閭大夫廟〉：沅湘流不盡 101
碧海青天夜夜心——唐．李商隱〈嫦娥〉：雲母屏風燭影深 105
楓紅之美——唐．許渾〈秋日赴闕題潼關驛樓〉：紅葉晚蕭蕭 111
織錦——唐．杜牧〈山行〉：遠上寒山石徑斜 115
喝茶的下午——唐．王維〈送別〉：下馬飲君酒 120
願你安好——明．于謙〈詠石灰〉：千鎚萬鑿出深山 124
孤臺明月——南朝．張融〈別詩〉：白雲山上盡 128
對待——隋．楊素〈山齋獨坐贈薛內史二首其一〉：居山四望阻 133
想念的幸福——唐．李白〈送友人〉：青山橫北郭 138
今年花勝去年紅——清．黃宗羲〈書事選一〉：初晴泥路覺盤跚 144
快樂時光——唐．朱放〈送溫臺〉：渺渺天涯君去時 149

卷三●欲問相思處，花開花落時

真誠的期待——清．王闓運〈春思寄婦〉：門外青青草 154

圈住幸福——明．無名氏〈掛枝兒．月〉：月兒月兒真個令人愛 160

幸福，我喜歡——先秦．《詩經．鄭風．女曰雞鳴》：女曰雞鳴 164

相思深不深——唐．薛濤〈錦江春望四首其一〉：花開不同賞 168

在不知道的角落裡——清．施閏章〈燕子磯〉：絕壁寒雲外 172

想起——漢民歌〈上邪〉：上邪！ 177

堅持的背後——宋．王令〈晚春〉：三月殘花落更開 180

看見幸福——明．謝榛〈古意〉：青山無大小 184

紅塵滋味——唐．杜牧〈汴河阻凍〉：千里長河初凍時 189

卷四●夕陽無限好，只是近黃昏

她的母親——唐．孟郊〈遊子吟〉：慈母手中線 196
流不盡的菩薩泉——清．張問陶〈二月五日生女〉：自笑中年得子遲 201
愜意的閒暇——東晉．陶淵明〈雜詩十二首其一〉：人生無根蒂 206
平淡裡的滋味——唐．王維〈贈韋穆十八〉：與君青眼客 209
月下同行——唐．王維〈別輞川別業〉：依遲動車馬 212
迷濛煙雨——漢民歌〈長歌行〉：青青園中葵 216
盡是思念——清．王士禛〈寄陳伯璣金陵〉：東風作意吹楊柳 220
飲者——明．鄭汝璧〈喜酒〉：歸來三徑足生涯 225
溪邊閒坐——宋．蘇軾〈東欄梨花〉：梨花淡白柳深青 230
自然的真趣——宋．歐陽修〈豐樂亭遊春二首其二〉：紅樹青山日欲斜 235
一生看得幾黃昏——唐．李商隱〈登樂遊原〉：向晚意不適 241
一支燭——清．江陰女子〈題城牆〉：雪胔白骨滿疆場 244

成為自己的英雄——清．黃遵憲〈已亥雜詩選一〉：頸血橫糊似未乾 249

錯過，有時也是一種好——清．蔣士銓〈讀昌黎詩〉：巖巖氣象雜悲歌 254

悲喜人生——南朝．沈約〈別范安成〉：生平少年日 258

有如旅途——宋．朱淑貞〈傷別二首其二〉：雙燕呢喃語畫梁 264

寫在前面

詩，是心中永恆的歌

中華文化源遠流長，如大河的浩浩湯湯。五千年的悠久歷史，造就了它的博大精深。

它宛如寶藏，讓所有親近它的人目不暇給，甚至為之目眩神搖，不能自已。每個時代都有它的文學特色，綻放異彩。

無疑的，詩是文學大書中最迷人的一頁，喜歡詩的人不可計數。詩的繽紛雋永，直扣心弦，引發共鳴，讓人忍不住念誦再三，擊節嘆賞。有誰能不愛詩呢？

詩是怎麼發展和演變的呢？

我們的詩，起源於《詩經》，而後有《楚辭》。《詩經》被認為是中國北方的代表文學，《楚辭》則是南方的代表文學。到了漢代，有反映及描繪民間生活的歌謠，經由樂府官署收集整理，稱為樂府詩，再傳到魏晉南北朝，之間仍有不斷的發展、轉變和進步，於是成就了後來唐詩的光芒萬丈。

《詩經》以四言詩為主，《楚辭》是不整齊的長短句，漢代樂府詩開始有整齊的五言詩，魏晉時代則是整齊的七言詩。至於唐代人文薈萃，有近體詩的興起，講究格律，以別於往昔的古詩。

難道唐朝以後就沒有詩了嗎？不是，還是有詩，如宋詩、元明清詩，只是再也不易有凌駕唐詩的聲勢了。

如果今日，您有興趣寫古典詩，但寫無妨，只是因為偏離主流，恐怕知音難覓，已成「小眾」，不免會有一些寂寞吧？

為什麼想要寫這樣的一本書？

年少的時候，我非常喜歡詞。詞的纏綿、多情、隱晦，彷彿都能小心埋藏我諸多少女的幽微心事。那些人前無法啟齒的祕密，我都在詞裡得到很多的撫慰，也熨貼了我的不平和激憤，讓我沒有走上偏激、反抗、仇恨的道路，依舊保有個性中的溫和與溫暖。

長大以後，經歷過人生的離合悲歡，我在心境上反而越來越接近詩。詩的寬朗、明淨、平和、包容，反而教給了我更多。

我更加喜歡詩，尤其是那些簡單的、有意境的詩，更讓我百讀不厭。我相信，我必然受到詩很深的薰陶和很大的影響，只是，此刻，我仍未必全然洞悉罷了。

所以，想寫這樣的一本書，主要還在於分享我生活中和詩的種種美好相遇，以及平日時讀詩的所思所感。或許，您也會喜歡。

詩和詞的閱讀對您在創作上曾有過影響嗎？

詩和詞都是優美的，長期接觸，薰陶已在其中，只是我常不自覺。

因為好朋友不上網，有一次，她打電話來，我正好坐在電腦前，因此念了一篇相關的文章給她聽。

她最近出新書了，我剛好有空，快快讀完，也認真的寫了一篇小短文，作為閱讀心得。

文章讀完，她說：「好美，好美。」

我說：「簡直太誇張了，根本連一句美的都沒有。」我據實以告：「奇怪的是，卻經常有人說美。」。

「妳已經隨手拈來，都是美的了。」

我知道，背後是太長歲月的學習和訓練，果然是「功不唐捐」。

謝謝，我也很高興。祝福好朋友的新書暢銷大賣！

讀詩詞，我以為，對我更大的影響，是在人生帶領。

想想：當我們遇到挫折和打擊時，浮起腦海中的第一個反應，可能是：「為什麼是我？我真倒楣。」

其次，或許是：「能不能逃走或避開？我不管了。可以嗎？」

思前想後，竟然發現，逃不了，避不開，非自己莫屬，只好心不甘情不願的扛了下來。其實你可以的，只是自己不知道，上天卻明白。

很久以後，我們終於了解，自己很多的能力居然都是這樣培養而來的。

當年的不甘不願，終於化成了感激的淚水。

這還只是生活中的尋常，距離人生的苦難還很遙遠。

每次，我讀詩人或詞人的一生。他們幾乎都歷經坎坷，被誣陷、被流放，甚至妻離子散、輾轉溝壑，卻為我們留下最美好的篇章，璀璨有如星子，照亮了整個文學的夜空。

思及此，我們真該平靜的接受所有的紅塵試煉，無有煩憂。

您有特別喜愛的詩作嗎？

學生時代我喜歡王維詩，也喜歡稼軒詞。

讀書時，我們讀詩選和詞選，多的是赫赫名家和流傳千古的作品，可以選自己有興趣或性情相近的來讀，相信都會有收穫；等入門之後，更可以細挑自己心儀的作家或流派來研究。

不必刻意追逐潮流，別人喜歡的，未必適合你。

現在的我，反而隨翻隨讀，但憑己意，也覺得很開心。

最近，我讀的是蘇東坡和陸游的作品，他們並稱「蘇陸」，這一點尤其令我好奇。蘇東坡的粉絲多如繁星，有人愛他的詩詞，也有人愛他的才情多方，更有人愛他的真性情。陸游長壽，作詩填詞，產量驚人，曾自言「六十年間萬首詩」，堅持的毅力讓人佩服，值得我們細細來讀。

什麼時候適合讀詩？

我以為：任何有意願讀詩的時刻，就是適合時。所以，悠閒時可以讀，歡喜時可以讀，哀傷時也可以讀；當然，花前月下更可以讀。

尤其，在新冠疫情肆虐，全世界都深受其害，歷時年餘而未止。初時我們應變得法，僥倖逃過，依舊能過著尋常的小日子，這是多麼幸運的事；然而，當其他國家逐漸緩和，我們的疫情竟隨之增溫，確診人數一增再增，人心驚惶。

當人心波動，惶惑不安，此時讀詩最好。

詩的音韻之美，可吟誦，可高歌，有安定心神的力量。

詩的意境之美，可想像，可神遊，更具有療癒的效果。

讓我們一起來讀詩吧！

詩，是永遠回響在我們心中最美的歌。

讀詩的心境和體會，會隨著年紀而有所轉變嗎？

的確如此。

隨著年歲的增長，閱歷的不同，我們對詩的理解和領會也必然大異其趣。就像是童年時心愛的玩具，長大以後，我們的心可能另有所屬，這是歲月所帶來的改變，是很自然的，無須惆悵。

年少時，我把詩當歌謠來唱：「床前明月光，疑是地上霜；舉頭望明月，低頭思故鄉。」

又唱：「春眠不覺曉，處處聞啼鳥；夜來風雨聲，花落知多少？」

那時候我喜歡它的聲調之美，卻未必明白詩中的深刻含意。

長大以後，離鄉背井，或讀書或工作，終究明白思鄉殷切的苦衷，也清楚詩人的悲憫情懷，對貧苦之人的心生不忍……

更多的時候，我拿詩人的遭遇，詩中所呈現的情懷，或抑鬱寡歡或豁然開朗或雲淡風輕，來一一印證自己的人間行路，心中的塊壘因此得到冰釋而煙消雲散。

從此，我更加確定了「好詩不厭百回讀」，每讀一回，就多得一回的了悟和啟發。然而，何止是這樣呢？我以為：詩，更是我們心靈的知己，值得終身相依相隨。

《月下讀詩：52則傳遞感動和溫度的雋永詩句》這本書寫了很久，也擱置了好一段日子，正當緊鑼密鼓，準備製作出版，卻逢此地疫情爆發，情形很糟的時刻。

於是，我拿起手邊的詩集又讀了一讀，果然覺得心境平緩了許多……

然而，也因為疫情的影響，這本書稍有延後，直到此時才和大家見面。我以為，上天的安排都是好的。

想到在新冠疫情面前，有人確診，有人死亡，人心惶惶，令我們為之垂淚。到底，我們需要歷經多少歲月，才能明白無常的真義呢？

年少時，我們以為一切都可以長長久久。我們輕易允諾，說永遠，卻不知，那是我們太天真了。

天真的心，從來未解世事憂煩。

然而，很快地，我們長大了，所有的試煉都到眼前來，無一能夠閃躲。

生離死別，昭告了無常的降臨；卻也教會了我們更多，更能明白珍惜的必要。

歡樂不會久留，苦難也是。

原來，今生的相遇和別離，其間都有上天的教誨和祝福。

希望這本美麗的書，其中雋永的詩句，都能給予您最好的安慰、最大的鼓舞。

讓我們一起來讀詩吧！

琹涵　二〇二一年盛夏

卷一

春風動春心，流目矚山林

野趣

鄉間的生活充滿了野趣。

尤其在我們童年的時候，現代科技尚未逼近，汙染不曾侵襲我們的生活，仍然保有著藍天綠地。當時並不覺得可貴，如今才知它的難得。

那時候，民風依舊純樸。放學以後，我們就四處去玩。多半在大樹底下玩捉迷藏、辦家家酒或跳房子等遊戲，有時候也到鎮上演歌仔戲的戲院，去撿戲尾來看。時間很短，即將終場前，商家準備客人散場，於是先將大門打開，也就讓我們這群小蘿蔔頭自由進入，去看個十來分鐘的歌仔戲。也算是頗有人情味了。有時候，我們也跟著其他的大孩子到河裡去抓蝦或摸蜆，可以回家加菜，由此可見當時水質的清澈，沒有汙染的問題。

其他的時候，我們在原野裡跑跳唱歌，我有個好朋友就像小男生一樣，極愛爬樹，也很會爬樹，或許前世是一隻猴子也說不定。長大以後，她曾跟我說：「我很少仔細去欣賞一棵樹的美，不論樹葉或姿態。我一看到樹，最直截的反應是，到底我可以從哪裡很快地爬上去？」

花和樹都是我們童年的友伴，我們摘下鳳凰花的花瓣做成蝴蝶，槭葉夾在書裡當書籤，大片的蓮葉成了我們的傘，既可遮陽，還能擋雨。我們還可以迎接晨曦、送走夕陽……我們是大自然的寵兒。

唐初詩人王績的〈野望〉，是我一讀再讀的詩，也是千古以來無數愛詩人喜歡誦讀的五言律詩：

東皋薄暮望，徙倚欲何依，
樹樹皆秋色，山山唯落暉，
牧人驅犢返，獵馬帶禽歸，
相顧無相識，長歌懷采薇。

在秋天的黃昏，我遙遙望向山野，內心總覺得空蕩蕩的，無所依靠。放眼望去，總是一片秋意已濃的山野景色。這時，放牧的人兒正忙著驅趕牛群回家，獵人們也騎著馬滿載著獵物歸來。他們相互望去並不相識，但是彼此各得其樂，不禁讓人懷念起古代采薇而食的隱士們。

那些年我們或許還小，哪能明白這詩中的含意？行年日長，方才體會這首詩寫的是秋天黃昏時山野的景致，洋溢著高士的懷抱，畢竟有別於流俗，讓人心生敬意。

而那樣的原野暮色，不就是我們年少生活的映現嗎？

我慶幸自己曾經在大自然中四處遨遊，那樣瀰漫著野趣的生活，如今回想起來，也像是唐人的詩句，優美而動人，多麼令人懷念。

唐・王績（五八五～六四四）

【簡介】

字無功，號東皋子，絳州龍門（今山西省龍門）人。王績自幼好學，博聞強記。出身官宦世家，是隋末大儒王通之弟，唐初詩人王勃則是他的侄孫。十五歲時便遊歷京都長安（即今西安），拜見權傾朝野的大臣楊素，被在座公卿稱為「神童仙子」。大業元年，應孝廉舉，中高第，授祕書正字。但他生性簡傲，不願在朝供職，改授揚州六合縣丞。因嗜酒誤事，受人彈劾，被解職。

王績一生鬱鬱不得志，在隋唐之際，曾三仕三隱。心念仕途，卻又自知難以顯達，故歸隱山林田園，以琴酒詩歌自娛。他在自己的田地上以釀酒自樂，又飼養不少野鴨和大雁，作為下酒之資，還種些藥草自供。在鄉間，他有時與隱士啞人作為仲長子光飲酒對坐，有時登北山，遊東皋，吟詩作賦，自號為「東皋子」。他的詩樸素、自然，接近生活，擺脫了六朝的詩風，其許多山水田園詩就是在這段期間寫成的，反映了他的閒適生活，寫來純樸自然，對唐詩的健康發展有一定的影響。《東皋子文集》由呂才輯為五卷。

惆悵裡的溫馨

我們終於重回了母校。

門口的大王椰依舊，只是，校地更廣，建築物更多，連運動場、司令臺也更見氣派了。

這是一所歷史悠久的學校，在當年就聲名遠揚，出了很多的知名學者、教育家、科技人才，如今，更增添了政治人物，還包括了立委和內閣閣員。

同春興奮的帶著我去看鐘樓，「這就是我們當年的鐘樓喔！」

的確，上頭「自強不息」的字還在。

我們在鐘樓之前來來回回的走著，是不是真的能走回年少的歲月？

同春又把我帶到了校園裡兩棵老樹的跟前，還指著旁邊的一排教室說，「那一間，就是我們的教室。妳記得嗎？有一年秋涼下霜，我們還拿著小瓶子到樹下把白色的霜存起來……」少年時的往事怎堪重數？而當年的友伴們呢，誰知又雲遊到了何方？

多情的是同春。她定居兒時小鎮，也因此常能舊地重遊。每遊一次，心中的感傷怕也更增幾分吧？

我們早已長大，當年的師長們怕也垂垂老去。感念他們當年的殷勤帶領、諄諄教誨，我們才有今日。

回憶裡，多的是溫馨往事。有老同學一起回味，溫馨更添幾重。

校園裡的樹也老了，枝繁葉茂，果真是「行人不見樹少時，樹見行人幾番老」。悠悠我心，竟至無可言說了……

我也因此再一次回到年少時居住的地方，然而，物換星移，人事已非，心中的惆悵更與誰人說？

當我仔細的繞行一周，依舊是綠地盎然，可是故居已拆，路樹已伐，連七里香的圍籬也不見了。防空洞仍在，龍眼、芒果各留有一株，其餘的山水花木、亭臺樓閣，都只能在夢中相逢了。

舊居的土地上，有一座露天表演場，同春說：「藝文界的朋友們提議了很久，是蓋了出來，卻沒有遮蔽之處，一遇雨天，根本無法表演。真是為德不卒啊！」

那天是週日，藝文中心有例行性的長雲樂團表演。這是一個中西管弦的樂團，他們由下午一點半開始練習，三點接受點歌，絲竹之聲悠然。同春尤其推崇團長詹良才先生，還是她就讀師專時的同學，認識多年了。「真是個樂痴呢，小提琴、琵琶、古箏、南胡……無一不精通。難怪樂團帶得好，還常四處去表演，很有水準的。」據說有些樂迷，每週日大老遠的搭車前來聆賞，這樣的護持，一定也給表演者很大的鼓勵吧。

林蔭夾道的路依然美麗，地磚取代了當年的柏油路，另有一種細緻。總辦公室的整修已經完成，只是顏色比較暗沉，當年醒目的白欄杆也改以其他顏色了。或許，這樣更像古蹟吧。有人跟我說，「牆上的那些紅磚非比尋常，是由英國進口的，很是費了一番功夫。」

原先的招待所和總廠長官邸目前還在整修之中，將會變成怎樣的面貌呢？值得拭目以待。

老榕樹還在，當年樹下嬉戲的孩童早已長大了，也走遠了；然而，夢裡依稀。這麼說來，我反而是比較幸運的，因為還有前來探訪的機會。

此時，我心頭浮起的是唐・劉禹錫的〈再遊玄都觀〉：

百畝庭中半是苔，桃花淨盡菜花開；
種桃道士歸何處？前度劉郎今又來。

百畝大的寬闊庭院裡，一半已成了青色的草苔，看來荒廢已久。從前繁盛的桃花已經無存，眼前只見菜花滿地開。當年種花的道士哪兒去了呢？上次來過的劉郎今天又來了。

依舊是綠意流淌，母校仍然巍峨，可惜舊居不見蹤影，今昔相較，我的內心悵觸萬端。是因為過往的歲月再也不能重來？是因為友朋星散，相逢大是不易了？

再看一眼，仍舊是眷戀難捨，然而，在惆悵裡，仍有一絲友誼的溫馨。

唐・劉禹錫（七七二～八四二）

【簡介】

字夢得，曾任太子賓客，世稱劉賓客。中唐文壇的代表人物之一，與柳宗元並稱「劉柳」，晚年與白居易交情甚篤，時常寫詩唱和，人稱「劉白」。出身於世代以儒學相傳的書香門第，幼年即開始學習寫詩。德宗貞元年間，與柳宗元同榜登進士，也一同參加主張革新的王叔文改革派。德宗病逝順宗即位後，王叔文在皇帝支持下發動政治革新，劉深受王的器重，遠大政治抱負於當時表現出卓越的才幹。之後，革新失敗後，劉二度遭貶謫，仕途上不得志。

他熱愛生活，關心民生，體現在其政治主張與文學作品裡。擅長寫詩，鄙棄駢體文，其韻文與散文也多有名篇傳世。

【文學評價】

擅於寫詩，詩風雄渾爽朗，節奏和諧，今存詩八百餘首。其詩作在當時即受到眾多詩人與民眾的喜愛。小詩意味雋永，保有民歌的活潑。詩作內容豐富，反映民間生活，另有詠史懷古與描繪山川風光。擅長托物寓意，表達主體觀照抒發情懷，不少詩作表現其潔身自好、不慕名利與安貧樂道的生活態度。

白居易對其詩作十分推崇，稱他為「詩豪」，曾言「其詩在處，應有神物護持」（《新唐書・列傳第九十三》）。

記憶裡的樟樹

有哪一棵樹曾經讓你念念不忘呢？

記憶裡的樟樹，有著青碧的身影，是不凋的風景。

微雨天氣裡的仁愛路，真是一條美麗的路，多麼像是一首詩。

每次車子行經仁愛路，我總是很有興味的瞧了又瞧，尤其是在微雨的天氣裡，朦朦朧朧，如夢似幻，迷人耳目。也很像是一幅黑白的攝影照片，彷彿有弦外之音，特別的耐人尋味。

仁愛路的讓人喜歡，也在於路樹的美。樟樹高大挺拔，也頗有年月了。

樟樹，也曾經種植在我年少的日子裡。

那時候，我們住在糖廠的廠區宿舍裡，樟樹是我們的路樹，就種在進入廠區大門那條主要道路的兩旁。樹幹如墨，枝葉扶疏，煞是好看。其實樟樹的葉子細小繁密，每當風一吹拂而過，葉子就立刻落了滿地，掃不勝掃。宿舍裡的巷道之所以能一直保持著整潔的樣貌，那是因為編制內有清潔隊員努力維護的成果。

廠區宿舍裡，素來以整潔而被津津樂道，真像一座美麗的公園，實情也是這樣。

可惜我們一朝搬離，再相見時面目已全非。老屋早已拆去，房舍蕩然無存，只餘下一片青草地，讓人看了想要落淚。幸好當年的樟樹仍在，長得可比以前更為鬱鬱蔥蔥了。好朋友跟我說：「妳知道嗎？如今那條路，早已成為新人婚紗照的最佳景點了。」我的心裡，有歡喜也有惆悵。

當時在樹下來來回回走著的我，竟從青春走到了熟年。此刻呢？不敵歲月的大力刷洗，雙鬢已經斑白，而樟樹卻依然青綠如昔，張著充滿了智慧的眼，看著我們逐漸的老去。

也仍然記得那些年，在樟樹濃蔭的覆蓋下，夏日裡的無數清涼。

可嘆，屬於自己的年華已然老去。相見果然不如懷念。

我愛讀唐詩，詩人多情，留下了好詩無數。唐朝的大詩人韋應物有〈對芳樹〉的詩：

迢迢芳園樹，列映清池曲。
對此傷人心，還如故時綠。
風條灑餘靄，露葉承新旭。
佳人不再攀，下有往來躅。

庭園裡有那高高的花樹，成排的花樹倒映在清池的曲岸旁。看到它，不免傷心起來，它卻依然碧綠，宛如從前。春風中，枝條上灑著餘霞，沾著露水的葉子在初陽下閃爍。我心愛的人雖不再攀折枝條，足跡仍留在樹下的小路上。

這詩哀婉，他以感傷的筆觸描繪了園中的景物，無論花木，也無論池邊風光。然而，物是人非，生命是這般的無常，縱使滿園花樹依舊青碧，愛妻卻已遠逝。睹物思人，唯有傷心……

每當我想念樟樹時，我便走一趟仁愛路。
走著走著，我能不能藉此走回過去呢？風拂過樹梢，所有的樹葉都在搖頭，
是笑我痴傻吧。
是不是也曾有一種樹讓你想念？

唐・韋應物（七三七～七九二）

【簡介】

京兆長安（今陝西省長安縣）人。他的詩以寫田園風物而著稱，韋應物早年豪縱不羈，橫行鄉里，曾任滁州、江州刺史。安史之亂後閉門讀書，少食寡欲。德宗時出任蘇州刺史，世稱為「韋蘇州」，著有《韋蘇州集》。

【文學評價】

是繼陶淵明和王維、孟浩然之後的又一個田園詩名家；而他自成一體的簡淡古樸、澄澹空靈的詩風，近於陶淵明。

其山水詩，清新自然且饒有生意，後人以「王孟韋柳」並稱。

古樹見人老

我喜歡樹，你呢？

樹昂然屹立在大地之上，不畏風吹雨打，迎晨曦，送夕陽，是我心目中的巨人，也是我學習的榜樣。我願堅強如它，勇氣十足也如它。

樹的生命，從來比花更久，甚至比我們經歷更多更長的歲月。所以，我常覺得樹是有智慧的，彷彿它有一雙無形的眼，洞悉了我們塵世的所為，離合悲歡恐怕也無所遁形吧？

你喜歡怎樣的樹呢？在你的成長歲月裡，有沒有一棵樹陪伴著你長大，甚至成為你的知己呢？那又是一棵怎樣的樹？

長久以來，我一直住在糖廠的廠區，樹很多，到處是。

童年時，我們住在高雄的小港，那時還是一個很鄉下的所在。

我們住的是日式的公家宿舍。鄉下地方，家家都有前庭後院，房子的西邊是廚房，廚房外，有一棵老榕樹，長著很多長長的氣根。枝繁葉茂，夏日裡送來無數清涼。

信佛的阿嬤，相信樹那麼老了，必然有神。每年她都會擇日去拜，第二天，我們這群孩子就從樹洞裡掏出糖果、小橄欖等等，對於當年那麼窮困的年代，從來不知零食為何物的我們這群小蘿蔔頭來說，也無異是歡樂盛宴了！多麼開心！

可惜，我小學畢業就搬離小港，童年再見。老榕樹再見。

住麻豆時，我們的路樹是樟樹，長得又高又大，葉子細碎如夢，只是掃不勝掃，有時候，一陣風吹過，又落了滿地。那時，有編制內的清潔隊員負責清理，廠區依舊美麗一如公園。雨後的樟樹尤其美，樹身墨黑，簡直像是一幅畫。

一進廠區大門的附近，也有一棵老榕樹，氣根更多也更長，好像老爺爺的鬍子，在我年少的心裡，總覺得那棵榕樹很老很老了。其實，從我認識它，它就是那個模樣。

還記得唐．徐凝的〈古樹〉詩：

古樹欹斜臨古道，枝不生花腹生草。
行人不見樹少時，樹見行人幾番老。

有一株古樹斜倚在古道旁，枝幹上不見花，只有蒼綠斑駁的青苔雜草。路過的人多不記得當年老樹還是小樹時的模樣，然而老樹卻已經歷過多少春去秋來，默默的見證了行人幾番老去的年華。

行人不見樹少時，樹見行人幾番老。徐凝的詩句果然千古流傳。

此刻讀來，人間行路，離合悲歡，不免惆悵。

那時候，我的好朋友就特別喜歡那棵老榕樹，還拿它來寫生入畫，長大以後，我家搬離，她卻嫁在麻豆，還可以時常前來探望，不想再十多幾年以後，那棵老榕樹竟然死了，幸好還留有畫作，以慰思念之情。

今生，我願種一個夢，植有各種的樹，在細心的照顧下，都能長成茂林。若能因此有益地球和人類，再無憾恨。

唐・徐凝（生卒年不詳）

【簡介】

約唐憲宗元和中前後在世，浙江睦州人。曾在杭州開元寺題過牡丹詩，白居易看了很激賞，邀與同飲，盡醉而歸。除以詩作聞名，又以書法著稱。

【文學成就】

代表作有〈憶揚州〉、〈奉酬元相公上元〉等。《全唐詩》錄存一卷。明人楊基《眉庵集》卷五「長短句體」評曰：「李白雄豪妙絕詩，同與徐凝傳不朽。」

茶的記憶

爸媽愛喝茶已成生活習慣，所以兒女也跟著喝。茶，是我們共同的記憶。

小時候，常看爸媽在一起喝茶、聊天，有時候，我也坐下來，順便喝杯茶，聽聽他們說話。然而，年少的心思，總愛停留在外頭的喧譁熱鬧，不一會兒，我便藉詞離開。

教書時，我在外地，離家不太遠，週末假日常得以回家探望雙親。有時候，我在房間看書，敞開的日式房門，我聽見爸媽在客廳的說話聲，他們提起往日的親朋故舊，常有歡聲笑語傳來，我都可以想見他們喝茶時的快樂心情。爸媽的感情一直非常好，也給了我們和樂的家庭氛圍。

有時，我也陪他們喝茶。那時候，爸媽仍在中年，其他手足們都離家在外求學。我在白河教書，算是離爸媽住處近的。

然而，靜好的歲月仍有盡頭。

爸媽遠逝以後，我們手足相聚時，也常喝茶聊天，談及往日種種。或者，互贈茶葉，那是分享的美意。

閒暇讀書，我在書頁間，讀到跟茶有關的一段話語，覺得很有意思。

那是英國政治家格萊斯頓說的：「如果你覺得冷，茶會讓你溫暖；如果你覺得燥熱，茶會讓你涼爽；如果你感到沮喪，茶會讓你振奮；如果你太疲憊，茶會讓你氣定神閒。」

說了許多茶的好處，愛茶人一定都能心領神會，莞爾一笑。

平日你愛喝茶嗎？或者，你是「咖啡一族」？

我家小妹最有趣了。大學時，讀的是外文系，行事作風也略帶洋派。從小喝咖啡，不喝茶。到美國讀書以後，喝咖啡不是十分便捷嗎？不，她開始改喝茶，茶葉由臺灣寄去。真是煞費周章，折騰人。

到底是因為後來她才知喝茶的好嗎？或者，只是標新立異，就是要喝那種比較難得的？

也或許，茶是她的鄉愁？

紅塵歲月裡，誰都曾遇到或多或少的薄涼，如果我是那一盞茶，是否能慰人寂寥，給人快樂呢？

尋常日子裡，我常喝茶。安安靜靜的生活，我也常是歡喜的。

我曾經讀過唐．白居易〈山泉煎茶有懷〉：

坐酌泠泠水，看煎瑟瑟塵。

無由持一碗，寄與愛茶人。

坐下來將清泠泠的山泉水倒進鼎中，看著正在煎煮的綠色茶粉細末如塵。端起一碗茶，並沒有什麼特別的理由，我只想把這茶香、這心情，寄給你這位愛茶的人。

想到旅居國外的小妹，多少惦記在心頭。

唐・白居易（七七二～八四六）

【簡介】

字樂天，號香山居士，初與元稹相酬詠，號為「元白」，又與劉禹錫齊名，稱為「劉白」。能詩能文，特別擅長寫詩，平白易曉，老嫗能解。

青年時期家境貧困，深知百姓疾苦。早年的他關懷民生，與元稹共同提倡文學改革的新樂府運動，主張詩的創作應取材於現實生活，反映時代現況，強調詩的社會功能與諷喻作用。晚年仍關懷民生，但因仕途不得志，而多放意詩酒，作〈醉吟先生傳〉自況。作品於當時即已廣為流傳，乃至外國，如日本與朝鮮等也受其影響深遠。

【文學評價】

他的詩作語言文字淺顯通俗，少用典故與深奧詞語，喜歡提煉民間口語、俗語入詩，然而聲調仍不失優美，有極高的藝術成就。詩作類型共分為四類，有諷喻、閒適、感傷與雜律，以諷喻詩的價值最高。其中諷諭詩多為敘事詩，夾敘夾議是其特色。

元稹對白居易極為推崇，曾評價其詩文：「大凡人之文各有所長，樂天之長，可以為多矣。夫諷諭之詩長於激，閒適之詩長於遣，感傷之詩長於切，五字律詩百言而上長於贍，五字、七字百言而下長於情，賦、讚、箴、戒之類長於當，碑、記、敘、事、制誥長於實，啟、奏、表、狀長於直，書、檄、詞、策、剖判長於盡。」（〈白氏長慶集序〉）清代公安派三袁（袁宗道、袁宏道、袁中道）散文家兄弟對白居易評價相當高，宗道有〈詠懷效白〉詩作，宏道更將元白歐蘇（元稹、白居易、歐陽修、蘇軾）與李杜班馬（李白、杜甫、班固、司馬遷）相提並論。

採訪初體驗

我相信：陽光會記得，我往日的青春容顏以及這一路行來的種種悲喜。

前些時候，我的學妹在電話裡做了一次採訪。原因是「華風系刊」將要復刊，他們想要專訪母系畢業以後在文藝創作方面有表現的學長學姊們。

我的名字很快的被提到，也或許是因為我創作多年，出書不算少，尤其是最近幾年來，試圖將古典詩詞融入生活中的寫法，讓讀者能更輕易的走入詩詞的意境裡，心中多有領會。為此被認為是首開風氣之先，「慢讀系列」因此暢銷熱賣。

小學妹年紀小，仍在就學，問著問著，有時候聲音竟然有些顫抖了起來，她自我解嘲的說：「我太緊張了。」

第一次的採訪是學習，何況還是在學的青年，就算稍有瑕疵，也一定可以得到包容的。

我想起許多年前，自己第一次的採訪，是在臺北的青年公園，採訪冰雕師傅和他的作品。

師傅第一次雕了一條魚，稍微捲曲的魚尾巴，彷彿剛從水裡跳躍出來，還來個花式轉身呢。第二次則雕了一個花籃，在陽光的斜照之下，晶瑩剔透、美不勝收。

那時的我，雖說寫散文好些年，可是，哪裡會採訪呢？幸好近旁的慈飄姊和亞南，給了我很多的協助。她們都是採訪好手，教我該如何提問，那是我很生澀的所在。我毫無經驗，哪會知道該從何處問起？

我的第一次採訪終於順利交稿了。若不是有兩位高人熱心相挺，如何能輕騎過關？現在想起來，很有趣，也很感謝。

生命裡，我們總會有踏出的第一次，或許戰戰兢兢，或許步履不穩；可是真的沒有關係，一回生，兩回熟，以後就容易很多了。累積的經驗非常可貴，可以讓我們建立信心，更可以讓我們去幫其他的人。

如果大家都願意同舟共濟，這個社會將會處處洋溢著溫暖，更加的和諧美好，也更宜於人居。

此後，我雖然沒有很多的機緣來寫採訪稿，但箇中的滋味也已略知一二，對於我的散文寫作也有很大的啟發，更增加了行文的活潑和可讀性，這些都應該歸功於那一次讓人懷念的採訪初體驗。

歲月悠悠，當我奮勇往前奔去的當兒，其實，也不斷的跟過去的自己告別，那樣的心情，會不會也有幾分唐代王維〈臨高臺送黎拾遺〉詩中的況味呢？

相送臨高臺，川原杳何極！
日暮飛鳥還，行人去不息。

我送你來到了高臺上，一望原野，廣闊得不見邊際！黃昏的時候，當鳥兒紛紛飛回自己的巢裡，行人卻匆匆的離去，步履絲毫不曾停息。

原本是一首別離的詩，全在描寫景物，不曾有一語言情，這是很特別的一種寫法。或許，所有的情感都在詩人的心中吧……

我想，陽光也總會記得我當年的緊張，以及由於幾十年來累積的努力，才有後來我對文字的駕輕就熟。

如今想來，心中感恩，仍然覺得溫暖。

唐．王維（七〇一～七六一）

【簡介】

字摩詰，精通佛學。佛教有部《維摩詰經》是維摩詰菩薩講學的書，因十分欽佩維摩詰而自名。他多才多藝，詩書畫皆有名，受禪宗影響頗大。精通山水畫，創造水墨山水畫派，還兼擅人物、花竹，對山水畫貢獻極大，被稱為「南宗畫之祖」。也精通音律，能以繪畫與音樂之理入詩，讓詩作完美呈現高度的藝術境界。

天寶末年，安祿山攻占長安，王維被脅迫為官。但是他並不願意，長期居於輞川，曾作詩表明心跡被定罪。安祿山兵敗後獲得赦免，並任太子中允，加集賢殿學士，後轉給事中、尚書右丞，世稱「王右丞」。

【文學評價】

王維以五言律詩和絕句著稱。前期的詩多反映現實，後期則描繪田園山水。青年時期的他，人生態度與政治抱負十分積極，描寫各方面題材，關於邊塞與游俠的詩作風格，有岑參、高適等雄渾氣勢。後期作品歌詠田園山水，藝術成就極高。作品以五言為主，描寫退隱生活、田園山水，追求清靜閒適的精神生活，風格質樸恬靜，淡雅高潔。

詩作在生前與後世皆享有盛名，是公認的詩佛。蘇軾評王維詩作曾曰：「味摩詰之詩，詩中有畫；觀摩詰之畫，畫中有詩。」杜甫也讚其「最傳秀句寰區滿」，唐代宗曾譽之為「天下文宗」。

追求完美

生活中，常遇到那追求完美的人。力求完美，也許無關乎好或不好，只是過猶不及，有待斟酌。

如果只在個人，這般的精益求精，多麼讓人佩服。然而，不是人人都是住在荒島上的魯賓遜，在這個事事講究團隊合作，要求工作成效的社會，過於吹毛求疵，只怕會被視為「異類」，避之唯恐不及。

有一年，我們游泳池來了一對夫婦，一起來學游泳。由教練指導，太太學習的進度很快，先生卻明顯的落後。怎麼會這樣呢?教練說:「那先生從來要求完美，每一個步驟都要學到無懈可擊，方才罷休。他不能接受，一邊學一邊修正，所以就會慢下來。」問題是，當他的太太都可以在池子裡，從此岸到彼岸，游過來又游過去時，我們只見他還在緩慢的學。最後只有太太學成，先生則因為太忙，根本就放棄了。

我們都覺得有點兒可惜，多學會一種運動，更有助於維護健康；何況，游泳是被公認最好的全身運動，而且運動的傷害也最少。

有一天，我聽到新來的救生員在說：「每次在水裡游，我都要求游得優雅，如果超過一個小時，覺得累了，姿勢不夠優雅，就寧可上岸不游。」看來，又是另一個完美主義者。

想到我每天都胡亂的游，只求健康，不求其他。還常跟自己說：「又不是要參加比賽，能夠游來游去，就好了啦。」這樣的得過且過，果然越游越慢，只是還能浮在水面，沒有下沉而已。不過，游得沒有負擔，倒真是開心極了。

其實，我也追求完美，但只限於自己最關注、最有興趣的部分。

如果樣樣都要完美，大概別說自己活不下去，身旁的人恐怕也早就逃之夭夭了。

認真有必要，過於執著卻不免辛苦。

我很喜歡唐・熊孺登的〈送僧〉一詩：

雲心自向山山去，何處靈山不是歸？
日暮寒林投古寺，雪花飛滿水田衣。

像雲一般自在的心，總是嚮往著山林清修，心靈的依歸又何處不是依歸？天已暮，走過充滿了寒意的林間，想要投宿在古寺，這時只見雪花漫天飛舞，沾滿了百衲衣……

只要我們的心得到了安頓，人又何嘗不是像雲一樣呢？只要破除了我執，更加的海闊天空，一切也就安閒自適了，哪裡需要認定靈山的所在？又何處不是靈山？當我們無所罣礙時，怎麼走，都是歸向靈山的。

那樣的境界，多麼值得我們嚮往和追求。誰說，不是呢？

唐・熊孺登（生卒年不詳）

【簡介】

鍾陵（今江西省進賢縣）人，約唐憲宗元和年間登進士第，為四川藩鎮從事。以能詩名，與白居易、劉禹錫、元稹時相唱和贈答。創作頗豐，但僅詩集一卷傳世，其中以贈答應酬之作較多，有些詩句感情真摯動人，為時所傳誦。

初春的植物園

初春天氣，乍暖還寒。

好不容易看到太陽出來了，大地一片暖和，於是決定去植物園。我家離植物園算是近的，可是，我習慣去較遠的二二八紀念公園，因為後者的交通便捷，鄰近車站商圈，不論買書或購物、飲食，都可以有多重選擇，生活機能更好。

有好幾年不曾到植物園看荷花了。讀研究所時來得最勤，那些年國家圖書館還在這兒，為寫報告、查詢資料進出頻繁。看資料很累，有時候趁便讀報、看雜誌，一天下來，眼睛吃不消，於是就去植物園裡閒逛，彷彿那是忙碌生活裡一個美麗的句點。

後來圖書館搬家了，新地址、新設施、新氣象，再回植物園的機會就少了。

偶爾到歷史博物館看展覽，即使明知植物園就在近處，也只是從博物館的三樓窗口探看植物園裡的花草，距離遠了，益發顯得有幾分生疏。

這次重履舊時地，植物園的確不同於往昔，有些路段還鋪設了木質步道，有椅子供遊人休憩，樹很多，更老了。

只是初春的二月，但見綠肥紅瘦，花很少，還不如藝術館近旁園圃的繽紛熱鬧。荷花池中仍一片寂然，別說不見花兒一朵，連葉子也無蹤影。唉，荷，原是夏季的花卉，現在才剛是春天。

記憶裡，有唐．賀知章的〈詠柳〉詩：

碧玉妝成一樹高，萬條垂下綠絲絛。

不知細葉誰裁出，二月春風似剪刀。

那柔嫩青綠的柳樹，就如同是用翠玉裝扮成的一樣。垂掛著的柳條兒，多麼像是千萬條正在迎風招展的絲帶。不知道這麼漂亮的細葉子，是哪位巧手裁剪出來的呢？啊！這二月柔和的春風，不就像是一把精巧的剪刀嗎？

這首詩裡有細膩之美。

料峭春寒的季節，我看到有工人在鋤草，一個園子的美麗是需要費心維護的，通道寬敞，說不定也是因為遊人太少。我在植物園裡閒閒走走，跟每棵樹去打招呼。太久不見了，還記得我嗎？然後，我在椅子上坐下來，正好對著一棵身軀傾斜的老樹，它維持著這樣的姿態想必很久了，累不累呢？……有個老媽媽坐在輪椅上被推了過來，由孝順的孩子陪伺，應該也是安慰的吧。有兩個小朋友蹦蹦跳跳的跟著年輕的媽媽，親子同遊，也是他年回憶中溫馨的片段。

他們都走了，植物園裡更安靜了，彷彿整座園子都是我的。垂釣靜謐，也垂釣著詩情，屬於我的整個心靈都豐盛了起來。我，何其幸福。

隨手拍了幾張照片，下一次應該帶朋友們來，以共享這無邊的綠意，多麼開心。即使荷花還沒有開，滿眼的青翠也是迷人的。

唐・賀知章（六五九～七四四）

【簡介】

字季真，號石窗，少時即以詩文知名。中壯年時，初授國子四門博士，後遷太常博士。生性曠達，好飲酒，常與張旭、李白飲酒賦詩，切磋詩藝。對李白的詩文尤其青睞，讚為「謫仙人也」，兩人成為忘年之交。善談笑，風流瀟灑，為時人所傾慕。天寶年間，因病求還鄉里，寫下膾炙人口的詩作〈回鄉偶書〉。晚年放蕩不羈，自號「四明狂客」，又因其詩風豪邁曠放，人稱「詩狂」。

【文學評價】

詩文俱佳，以絕句見長。除詩作外，也擅長書法，尤擅草隸，在唐代即享有聲譽，為人稱揚。晚唐溫庭筠云：「知章草書，筆力遒健，風尚高遠。」竇臮《述書賦》讚其草書云：「落筆精絕，芳嗣寡仇。如春林之絢彩，實一望而寫憂。」李白曾有詩作〈送賀賓客歸越寺〉將其喻為王羲之：「鏡湖流水漾清波，狂客歸舟逸興多，山陰道士如相見，應寫黃庭換白鵝。」然而賀的書法作品存世極少，墨跡僅有草書《孝經》、石刻《龍瑞宮記》等。

春來的時候

春來的時候，水漲綠滿，愛唱歌的小溪，竟日潺潺不息。花兒都綻放了笑顏，頻頻向遊人炫耀它的新裝。草地上是柔軟的地毯，直延伸到天的盡頭……是這樣充滿了盎然的生機，怎麼也掩抑不了活潑的生趣！

柳梢淡淡鵝黃染，波面澄澄鴨綠添。

春臨大地，是這般的恬美而又歡愉。楊柳梢頭，點點都是極為輕柔而又嬌嫩的鵝黃，讓人忍不住想要去觸摸它；而波面的綠意也日漸深沉了，莫非真箇是「春江水暖鴨先知」？

我更喜歡宋．劉克莊的〈鶯梭〉一詩：

擲柳遷喬太有情，交交時作弄機聲。
洛陽三月花如錦，多少工夫織得成。

春天時，有黃鶯的飛鳴，穿梭在園林之間，時而在柳樹上，時而在喬木上，似乎對林間的一切都有著深摯的情感。黃鶯的婉轉啼聲，宛如踏動織布機時發出的聲音一般。在洛陽的三月，百花爭相綻放，有如錦繡。你看那些辛勤的黃鶯正忙碌於園林之中，正是牠們，花費了多麼大的工夫，才織成了如此壯麗迷人的春色啊！

只是，這大好春光，有誰能挽住它，長留人間呢？

時序總是沿著一定的常規運作，不能因為我們的私心而更改。四季也各有其可愛之處，我們不喜歡的，也說不定正是他人所寶愛的，君子又何忍強奪他人所好呢？

在我們的生活中，不盡是順遂的，有仆跌、有沮喪，也有挫折。但是，這些試煉，並不因為我們不樂意，就可以消極逃避。每一次的考驗，也必然有其深意，它教會了我們一些什麼，也讓我們更具有才幹。

只要我們不對自己失去信心，那麼一時的失敗，不足以動搖我們；反而成為我們邁向成功的基石。只要我們肯付出加倍的努力，我們都能開拓出自己似錦的前程。

怕的是軟弱而又怯懦。畫地自限的結果，也只有使自己更加陷於泥淖之中，再難振作了。

不要存有倚賴的心理，在這個世界上，正由於我們一無依傍，我們才更為堅強自立，發憤圖強，憑著一己的信念、毅力，永不懈怠，我們終將為自己的人生創造出美好的春天，而且，它永不凋零。如此，我們才真正把春留住了。

宋・劉克莊（一一八七～一二六九）

【簡介】

初名灼，字潛夫，號後村居士，莆田城廂（今福建莆田）人。吏部侍郎劉彌正之子。宋理宗稱譽他「文名久著，史學尤精」，賜進士。作品收錄在《後村先生大全集》中。

【文學評價】

宋代江湖詩派的領袖，辛派詞人的主要代表，詞風豪放，也發展了詞散文化、議論化的特點。楊慎《詞品》云：「《後村別調》一卷，大抵直致近俗，效稼軒而不及也。」陳廷焯《雲韶集評》：「潛夫感激豪宕，其詞與安國相伯仲，去稼軒雖遠，正不必讓劉（過）、蔣（捷）。世人多好推劉、蔣，直以為稼軒後勁，何也？」劉熙載《藝概》認為：「劉後村詞，旨正有語有致。」馮煦在《蒿庵論詞》說：「後村詞與放翁、稼軒，猶鼎三足。其生於南渡，拳拳君國，似放翁。志在有為，不欲以詞人自域，似稼軒。」胡適《白話文學史》評論劉克莊「有悲壯的感情，高尚的見解，偉大的才氣」。林希逸在《後村先生劉公行狀》說當時人「言詩者宗焉，言文者宗焉，言四六者宗焉」，在南宋後期文壇號稱一代文宗。

微雨裡的閒情

我喜歡微雨天氣。

曾經讀過宋．晁沖之〈春日〉的詩：

陰陰溪曲綠交加，小雨翻萍上淺沙。
鵝鴨不知春去盡，爭隨流水趁桃花。

溪水曲曲折折的向前流去，濃密的綠樹使得溪水顯得更綠了，綠水和綠草相互輝映，使得綠意更添深濃。小雨落下，翻出浮萍的碎葉，浮萍上沾著水珠，宛如塗上一層細沙。鵝鴨們不知春天就快要逝去了，還爭先恐後跟著流水，追逐落在水面上的桃花。

好生動的春光，就像一幅畫一樣。

有一次，我外出拍到了一張照片，有人持傘在雨中前行，我拍到的是一雙穿著小紅鞋的腳，還有斜飄的雨絲和略顯模糊的傘。可是多麼詩情畫意啊，那樣的氛圍，讓人沉醉。小紅鞋的主人到底要走往何處呢？是趕赴約會？是去用餐？工作或讀書？還是回家呢？……多麼讓人好奇。

我不喜歡大雨，那萬馬奔騰的聲勢，畢竟有幾分駭人，我心中更怕的是豪雨成災。國土危脆，幾番大雨，常造成多處坍方，交通受阻，土石四處橫流，百姓的生命和財產受到折損，那哀哀無告的徬徨失據，令人不捨。

還是微雨的天氣好，澆熄了暑氣，帶來幾絲清涼意。萬物都受到雨水的滋潤，山更青翠，花更豔紅，連原本灰撲撲的屋宇，也彷彿經過了滌洗顯得煥然一新。而樹葉更綠，青草更有著盎然的生意。一切都是生氣勃勃，可以冀望，帶來期盼。

微雨的天氣，如果沒有其他的事，你喜歡做些什麼呢？

我找出詩詞讀本來讀，韻文多麼適合此時高聲朗誦，更可以讀出字裡行間的深情摯意。古典詩詞何其美好，是中華文化的瑰寶。伴著輕微的雨聲，我的心因此飛揚，遨遊在夢想的國度，渾然忘卻塵俗的煩憂。

有時我找出美術本來繪圖，還沒有勇氣去寫生，先依著範本塗抹。有一次我的畫家朋友來玩，我拿本子給他看。他稱讚的說：「筆觸簡潔有力。」我心想，他沒看到我的範本，不知我的每一幅畫簡直是另出機杼，距離原圖遠甚。

更多的時候，我閱讀，散文、小說、繪本，都好。文字的世界繽紛而迷人，感謝母親的帶領，在我很小的時候，就想方設法讓我成了愛書人，終身有書相伴。我是有理想的、快樂的人，不論我遭逢怎樣的挫敗，我都相信，我將平安涉渡人生的風雨。

有一陣子，我的朋友們都瘋做拼布包，甚至還裁布，做衣裳、裙子和長褲，就在一片興高采烈中，我沒有跟著起舞，卻覺得，那費工費事，尤其費眼力，我的眼睛可要好好保護，能閱讀就心滿意足了。

有時聽音樂，有時看影片……

微雨天氣裡，做什麼都好，不做什麼也好。

我知道了，那是因為我的心情悠閒。

悠閒的心情，才讓我真心覺得處處都有情味。天晴固然好，天陰天雨也無妨。

宋・晁沖之（生卒年不詳）

【簡介】

字叔用，早年字用道。鉅野（今屬山東）人。晁氏是文學世家，堂兄晁補之、晁說之、晁禎之都是當時有名的文學家。早年受業於陳師道，與呂本中交好，後隱居於陽翟（今河南禹縣）具茨山，自號具茨。有詩集《具茨集》傳世。

【文學評價】

北宋江西派詩人。呂本中《紫微詩話》說：「眾人方學山谷，叔用獨專學老杜，其昆仲之所講究者素矣。」劉克莊《江西詩派小序》讚其「意度容闊，氣力寬餘，一洗詩人窮餓酸辛之態」。

窗前風景

我的窗前，有著美麗的風景。

那是整片的落地窗，所以視野很好，天氣好的時候，窗外是藍天白雲，還有陽光溫柔的俯照。我在陽臺上種了一整排的綠色植物，二十多年來，鬱鬱蔥蔥，宛如小型的綠園。不遠處，還種有一棵大樹，一整天，都可以聽到鳥的鳴唱。有時候，我和朋友說電話，對方居然也聽得到鳥的啁啾聲呢，這在都市叢林裡，簡直是一種奢華的幸福。

尤其，是在春天。

〈子夜四時歌〉是東晉及南朝宋、齊間的江南民歌，其中有一首春歌，是這麼寫的：

春風動春心，流目矚山林。
山林多奇采，陽鳥吐清音。

春風喚醒了熱愛生活的心，放眼四望看到了山野叢林。山野叢林煥發出奇光異彩，春天的鳥唱出了清新的樂音。

這首詩充滿了春的氣息，讀來，彷彿有清風拂面，一派生趣盎然。

平日，我在桌前寫稿，有時候則是讀書。累了，就到窗前張望，看雲朵的緩緩走過，簡直像詩一樣的優美雅潔。有時候，也利用餘暇到前陽臺去修剪枝葉或鬆土、澆水，植物也是需要照顧的，關懷多，回報也更多。黃金葛長得極佳，每一片葉子都有手掌那麼大。很驚人吧。想當初不過只是一小枚，怯怯弱弱，我見猶憐。也許，土質的肥沃也有關係，我總是把喝過的茶葉，挖洞埋入，有時也澆以洗米水。日久之後，我居然發現，有蚯蚓出現了。

也有朋友送我一些小草花，例如日日春等，還有不知打哪兒冒出來的紫色酢醬草，花很小，顏色卻極美。年年都來造訪，帶給我很多的喜悅，也替我平淡的生活增添了生趣。還有孤挺花，也是朋友給的，花開時，大鳴大放，幾十朵一起開，好一團熱鬧。花也會互別苗頭嗎？或許是的……

我從來都相信「一分耕耘，一分收穫」，天上若有掉下來的禮物，我也以為，我不會是那接得到幸運的人兒。

我務實的走著屬於自己人生的路，那讓我心安。

我很高興每天都能見到如此盎然的綠意。

綠，是最富有希望的色彩，或許不喧鬧，卻也帶來一片祥和。我很喜歡綠色，總是給予我寧靜的氛圍。

我就在安靜裡，讀我喜歡的書，也做我喜歡的事，少有世俗的干擾。人生能有這樣靜好的歲月，是多少人夢寐以求的，我何其幸運！

當然，我承認自己的物欲不高，紅塵的名利，離我很遠，我也覺得很好。每個人對自己的要求都不盡相同，如此恬淡，如此寫意，多麼讓人開心。

我的窗前，總有著一方美麗的風景。

日日我在窗前張望，聽鳥語、看滿眼的青翠，還有陽光、天空和雲朵，真心覺得每個日子都美好。

一竿竹

即使只是山坳野窪的一竿竹，也能自成美麗的風景。

我們是愛竹的民族，對竹常有許多的聯想，古人的「竹解虛心是我師」，竹心中空，以竹能保持挺立，來彰顯虛心正直。終年長綠更代表不畏逆境、力爭上游的秉性。清代的鄭板橋一生詠竹畫竹，留下了很多的佳作，千古流傳。板橋也稱得上是竹的知己了。

你喜歡竹嗎？或者只是愛吃竹筍，卻怕青竹絲？

想著那老是著一襲青衫的竹，修長優雅，隨風搖曳，經冬猶綠，堅忍如是。會不會這都是觀賞者的附會和想像呢？竹，何曾言語？或者，它甚至以為連解說也是多餘的？天地有大美而不言，天無私覆，地無私載，何其的坦蕩磊落！四時行焉，萬物生焉，天何言哉？

我們真該跟大自然去學，讓大自然成為我們的導師。

成長的歲月裡，我一直住在鄉間，熟悉山村農家，也有很多鄉下的朋友，大家時相往來。

於是，當我讀到唐．張繼的〈山家〉一詩，便覺得特別的親切，歡喜之心油然而生。

板橋人渡泉聲，茅檐日午雞鳴。
莫嗔焙茶煙暗，卻喜曬穀天晴。

搭一座木板小橋，行人走過，就能聽到橋下的潺潺流泉的聲音，正午時分，茅檐下的雄雞引吭長鳴。不要懊惱焙茶時煙霧瀰漫，最喜歡曬穀時的晴天萬里無雲。

寫盡了農家生活的憂愁和喜樂。彼時我還年少，如今只記得那充滿了快樂的一面。

我的朋友定居美國，院子寬廣，不免有故園之思，於是栽了幾竿竹以慰愁懷。竹葉青碧，在陽光下，真是迷人眼目，風蕭蕭雨淅淅，都是詩情畫意。不想幾十年以後，竹子繁衍日盛，甚至侵門踏戶，危及屋宇。過猶不及，未必是美事。最後大費周章，盡皆刈除，真是始料所未及。

所以，我平日種花，也只是簡單的草花，易栽易活，也一樣美麗。不曾有雄心壯志栽植奇花異卉，越是名貴，更形嬌寵，勞神費力，在時間和支付的心血上，非我所能及，我想，這在我，也是一種自知之明。

由於住的只是公寓房子，種竹，也成奢望。其實，可以到野外探看，不必一定非要自家栽種不可，省心省事，也是歡喜。

每個人都有屬於自己的生活方式，只要活得安心自在，於他人無損，別人又有什麼理由妄加置喙呢？

一個人可以能幹，但必須講理，我怕那太強勢的人，專斷獨行。不能尊重他人的，恐怕也很難贏得別人的喜歡吧。

即使我是一竿竹，我以自己的方式禮讚上天。

我也許沒有太大的能耐，然而，凡事謙卑，凡事感恩，也將得到上天的疼惜。

一竿竹，也自有風景，我如此相信。

唐・張繼（七一五～七七九）

【簡介】

字懿孫，襄州襄陽（今湖北襄陽）人。天寶十二年進士，曾任檢校祠部員外郎、洪州鹽鐵判官。有一部《張祠部詩集》傳世。

【文學評價】

詩作爽朗激越，比興幽深，對後世頗有影響，最著名的詩是〈楓橋夜泊〉。高仲武論張繼詩：「員外累代詞伯，積習弓裘。其於為文，不自雕飾。及爾登第，秀發當時。詩體清迴，有道者風。」

山徑上的落葉

山徑上的落葉，走來沙沙作響，在我年少的心裡，曾經以為它像詩一樣的迷人。

山間的秋日夕照，由於視野的無所阻攔，更見寬闊美麗，我曾經在書上讀過唐．王維的〈木蘭柴〉：

秋山斂餘照，飛鳥逐前侶。
彩翠時分明，夕嵐無處所。

秋天的山逐漸收斂起落日的餘暉，歸巢的鳥兒前後相隨而飛。這時，只見滿山的秋葉顏彩斑斕，傍晚的霧氣也已經消散了，竟然毫無蹤影可尋。

不只有秋日美景，更有詩人閒適的心情，多麼引人遐思……

然而，在我的印象裡，同樣的秋日夕照，卻留有一段不同的記憶。

大學時，有一次和好朋友慧珠一起去山上玩，黃昏時，起風了，只見遠處的烏雲逐漸移轉到我們這兒來。慧珠說：「快下山吧，萬一大雨來了，我們如果被困在山上，就不好了。」

於是，我們拾級而下，落葉堆積盈尺，或許這條路平日很少有人行走吧。我們心裡焦慮，步履似乎更顯得緩慢了，更怕一個不小心摔下去，後果不堪設想。我們都不作聲，唯有埋頭走路，踩著沙沙落葉，竟覺得一點詩意也沒有。

所以，有很多事情的感覺，其實是來自我們的心。如果悠閒，但覺眼前佳景無限，詩情畫意都在心中。如果窘迫，恨不得飛奔離去，縱有好山好水，無心欣賞，怕也只道是尋常了。

很多年以後，和慧珠相逢，曾經談起這事，她居然也還記得。她說：「那時候，我心裡有多麼的著急，還好只有烏雲密布，等我們到山腳下時，雨都還沒下來呢。」

也算是虛驚一場，卻成了記憶中難以忘懷的事，足以讓我們在往後的歲月裡一再回味，伴隨著友誼的芬芳，不曾忘卻。

至於那天，我們在山上到底看了什麼好風光，回憶裡卻模糊一片，一點也記不得了。反倒是落葉滿山徑，伴隨著我們的驚慌失措，那畫面居然成了永恆的記憶。

如今的慧珠，早已遠嫁日本，見面的機會不多。她原是我大學的同班同學。這些年，我們不斷的召開同學會，她也不辭路遠，次次與會，盛情可感，惜情又惜緣。可惜總是來去匆匆，真不知什麼時候，我們還能相偕再走一回山徑，也一起細數落葉？

跟著捷運四處走

不能說捷運改變了我的生活，然而，不可否認的，它讓我的生活更為繽紛美麗。

能得這樣的迅捷和安全，恐怕是古人所難以想像的吧？

我曾讀過唐．溫庭筠的〈商山早行〉：

晨起動征鐸，客行悲故鄉。
雞聲茅店月，人跡板橋霜。
槲葉落山路，枳花明驛牆。
因思杜陵夢，鳧雁滿回塘。

大清晨起來，聽見叮叮噹噹，響起了車馬的鈴鐸聲。原來是遊子過客將要啟程，一時之間，讓人撩起了對故鄉的思念之情。荒村野店中的旅客，被雞鳴聲喚起，急於趕路，這時天空還亮著殘月，木板橋上的白霜未消，留下了行人的腳跡。槲樹的葉子也落滿了山徑，枳樹的白花在驛牆邊顯得格外的亮眼。面對如斯情景，更不免想起了昨夜夢中出現的故鄉景色：在那春天的塘水中，鳧雁自得其樂，悠遊自在……

你說，這詩讓人發思古之幽情，我卻覺得「雞聲茅店月，人跡板橋霜」，未免辛勞過甚。

幸好，如今我們有捷運。

跟著捷運四處走，捷運所提供的快速、舒適與安全，讓整個大臺北成了讓人驚歎的交通網，不論東西南北輕鬆可以到達，或出門或上班，都是輕鬆事；尤其是早些年，招待中南部的朋友們到臺北來玩，見識了捷運種種的好，他們羨慕我得意。

「火車快飛，火車快飛，穿過高山，越過小溪……」童年時大家熟悉的歌謠彷彿聲聲在耳。火車快，捷運更快，尤其捷運和小市民的生活息息相關，更有一番說不出的親切。

跟著捷運四處走，我們逛了龍山寺，香火鼎盛、肅穆莊嚴。中外的遊客都多，有人求籤、有人祝禱。願諸事順遂、平安吉祥。走出西門站，在假日時，我們可以去看場好電影，有時遇到影展，還真恨不得連看他幾場，假日時，還能遇到街頭藝人，有拉小提琴的、有彈吉他演唱的……人聲鼎沸，一團熱鬧。黃昏時，還可以到淡水，逛逛淡水老街，吃阿婆鐵蛋、喝魚丸湯，然後觀看淡水夕照，或坐渡輪到八里，沿途看萬頃金波，又是怎樣的絢麗多彩。當兩廳院有好節目時，可不要輕易錯過了，雲門的表演是臺灣的驕傲，精采的音樂扣響了我們的心弦，好似心靈受到了滌洗，歷久而難忘。有時候，我們到新北投泡湯，好一個「溫泉水滑洗凝脂」，雖不是貴妃也開心。也到士林夜市閒逛，尤其是國外來的朋友們特別喜歡，吃的用的看的玩的應有盡有，還可以搏感情和殺價。或許是因為充滿了生命力，又是如此的接近庶民的生活，所以顯得特別迷人。可以到歷史博物館、北美館、故宮看各種不同的展覽，豐富了我們的精神領域。還有各家百貨名店、許多知名的餐廳小吃……

跟著捷運四處走，滿足了所有人的不同需求，不論精神的、物質的都無所匱乏。身為臺北人，我要大聲的說：「我愛捷運！」

唐‧溫庭筠（八一二～八七〇）

【簡介】

字飛卿，晚唐著名詩人、花間派詞人。精通音律，詞風婉麗，詞藻濃豔，情致含蘊，作品風格上承唐朝詩歌傳統，下啟五代文人填詞風氣之先。詞作題材多半描寫美人的苦悶情緒，現存詞的數量為唐人最多，多收入《花間集》，是花間詞派的重要作家之一，被譽為花間鼻祖。

【文學評價】

清代詞人張惠言於《詞選序》曰：「唐之詞人，溫庭筠最高，其言深美閎約。」

劉熙載《藝概》云：「溫飛卿詞，精妙絕人。」

悠閒的心

唯有悠閒的心，我們才得以賞盡四時好風光。

試讀東晉．陶淵明的〈時運四首其一〉：

邁邁時運，穆穆良朝，
襲我春服，薄言東郊。
山滌餘靄，宇曖微霄，
有風自南，翼彼新苗。

四季從不停歇的運行，春日的晨光清明而美好，且穿上我薄薄春衫，獨自到東郊遊賞。青山洗盡了餘翳，碧空中隱約可見有微雲飄過，還有好風從南方吹來，輕輕拂過田間的新苗。

在一個晴和的春晨，詩人去東郊獨遊，這時春景正如畫，讓人心曠神怡，原本平淡的生活，因著悠閒的心，而領會了不同於尋常的美，縱使日子過得如此平凡，也依舊洋溢著幸福。

可是，如今擁有悠閒心情的人，恐怕並不多。現代的生活都太緊張了，有各種的壓力，來自工作、家庭、親子、同儕、人際、經濟……在在讓人感到疲憊。倦怠的心，只想休憩，不願再想及其他。

於是，日復一日，我們像個陀螺一般的旋轉不休。我們是個盡責的螺絲釘，從不誤事，但也難有快樂環繞。

這時候，我們需要休閒。暫時離開工作的場所，找個喜歡的地方，只做自己開心的事。可以遊山玩水，可以出國旅行，可以集郵畫畫，可以勁歌熱舞……我有個朋友很有趣，每次出去尋幽訪勝，一定和歷史文化相結合，既遊歷了，還可以得到新知，這樣的玩法，收穫很多。不只是身心都得到洗滌，心智上還因獲得啟發而更上層樓。這是他獨有的方式，也令人羨慕。有些人則去浮潛或滑雪，和原本的生活大相逕庭，彷彿是在另一種時空，讓緊繃的情緒獲得紓解，也是很有創意的。我想，只要遠離職場，任何自己喜歡的，都能得到某些釋放和寧靜，效果必然很好。

只是，如果安排度假，需要一段時間，金錢的支出也是考量的因素，有時候未必人人都能做到。那麼，就在每一天或每一週裡，都能有休閒的時刻，抽離工作，投入個人的興趣之中。能如此，就不會覺得日日勞累了。

同時，也要在工作之餘，保有悠閒的心，常到大自然中走動，天光雲影、四時佳興，都是最好的撫慰。上天給予我們最好的禮物，就是大自然。花草的消長，四季的流轉，風雨的暴虐，晴光的明媚，處處都是教誨，提升了我們的心靈，讓我們可以勇敢，也可以溫柔。

悠閒的心，讓我們看到更多的東西，不在表象上的浮光掠影，而是更深刻的喜樂。輕鬆的走，欣賞啊！每一朵雲都有魔法，每一棵樹都各有姿態，每一片葉子都不相同。有的花歡喜，有的花憂愁，有的花淘氣愛搞笑……大自然是如此的豐富，就像一本大書，蘊藏著無盡的寶藏。

悠閒的心可以學習，學拼布，學樂器，學語文，學藝術，讓生活增添了更多的內涵，不再急功近利，只要是喜歡，能得到樂趣就好。

悠閒的心，說話，閱讀，靜思、默坐，做什麼都好，即使什麼都不做，也是好。

悠閒的心，像樂曲中短暫的休止符，它是必須的，也是重要的。

總要有悠閒的時刻，做另一種淋漓盡致的揮灑，讓我們的心歡喜，生活也更有滋味。

東晉・陶淵明（三六五～四二七）

【簡介】

名潛，或名淵明。一說晉代名淵明，字元亮，入劉宋後改名潛。自號五柳先生，私謚靖節先生（陶徵士誄）。潯陽柴桑（今在江西九江西南）人。晉代文學家。以清新自然的詩文著稱於世。

他出身沒落的官宦家庭，父親陶逸任安成太守，早逝，母親是東晉名士孟嘉的女兒。陶淵明早年曾任江州祭酒，鎮軍參軍，建威參軍及彭澤縣令等職，後「不為五斗米折腰」，辭官回家，從晉安帝義熙二年（公元四〇六年）起隱居不仕。

流傳至今的作品有詩一百二十餘首，另有文、賦等十餘篇。田園生活是陶詩的重要題材，因此後來人們稱他「田園詩人」。

【文學評價】

鍾嶸《詩品》列陶詩為中品，稱陶淵明為「古今隱逸詩人之宗」，認為其詩「其源出於應璩」。《文選》收錄陶淵明的詩文十餘首，是作品被收錄較多的作者。陶淵明的田園隱逸詩，對唐宋詩人有很大的影響。杜甫詩云：「寬心應是酒，遣興莫過詩，此意陶潛解，吾生後汝期。」宋代詩人蘇東坡對陶淵明有很高的評價：「淵明詩初看似散緩，熟看有奇句……大率才高意遠，則所寓得其妙，造語精到之至，遂能如此。似大匠運斤，不見斧鑿之痕。」

卷二——

浮雲遊子意，落日故人情

娉婷，一朵紅蓮

就是那樣一朵紅蓮，讓整座池裡的蓮花都黯然失色了。

任何人只要一看到它，眼光將無法離開，就像被牢牢的定住一樣。

為什麼會這樣呢？只因為它太美了。

那一年，我們到白河賞蓮。朋友們都非常興奮，因為他們是第一次來到「蓮花的故鄉」，老是大驚小怪的歡呼著，雀躍不已，似乎又重新回到童年時的天真和歡喜。在我，則只是回到舊時地，心裡也是高興的，卻不免仍帶有幾分的落寞和惆悵。

最美的蓮花在清晨，於是我們前往守候。

守候的時光孤寂而漫長，或許，平日愛搞笑的朋友也都困乏了，在半夢半醒之間，已無言語。

直到那一朵娉婷的紅蓮，在我的眼簾前升起，我的心情才振奮了起來。

它其實還沒有全然綻放，半開的花裡更有韻味。它也不是鮮豔的血色大紅，比粉紅重一點，比豔紅輕一些。花瓣上的脈絡清晰可見，這清晨甦醒的姿容，特別引人遐思。

我趕忙把朋友們一一搖醒，果然，當他們看到花時，就全都清醒了。幾時見過這般清新卻又近在咫尺的蓮花？大家的相機好一陣忙碌，就怕一錯過，好花就不見了蹤影。莫非他們還以為是在夢中所見？

想起的是南朝．蕭衍的〈子夜四時歌．夏歌之一〉：

江南蓮花開，紅光覆碧水。
色同心復同，藕異心無異。

江南的紅蓮朵朵綻放了，豔麗的光輝映照著綠水。我的容貌和內心都跟蓮花一樣，蓮藕雖然不同，深心卻不差些微。

這只是一首民歌，質樸天然。以紅蓮雖美心卻苦，藕心則是通徹的，這難道不是暗喻著對愛情的追求和執著嗎？……

我沒有拍照，閒閒的繞著蓮花池走著。太陽仍隱在雲端，清晨散步，原本就是一種愉快，何況還有美麗的蓮花相伴，清芬隨風四處飄揚，良辰美景，又有幾人能享有這般的賞心樂事？

為什麼不拍照？我想，借朋友的來瞧瞧，不也就夠了嗎？我把它存放在記憶的深處，不會磨滅，永遠動人。

此時，娉婷的紅蓮，在陽光下，更顯得明媚。我看到它花心處的蓮蓬也已略見雛形了，奇怪，那不是應該稍晚以後的事嗎？或許這朵紅蓮，有青春的容顏，卻裹藏著一個老靈魂？

那麼，我更想知道的是，此生到底要如何修行，歷千百劫後，我才能成為娉婷的一朵紅蓮？

我心中的疑惑，又如何能得到解答？

南朝・蕭衍（四六四～五四九）

【簡介】

梁武帝蕭衍，字叔達，小字練兒，蘭陵（今江蘇武進）人。他是南齊宗室，也是蘭陵蕭氏的世家子弟，父親蕭順之是齊高帝的族弟。原為權臣，在兄長蕭懿被害後，逐漸有奪帝位的野心，南齊中興二年，齊和帝禪讓，建立南梁，開啟南朝建國最長的朝代。晚年多次出家，傾力資助佛教發展。

【文學評價】

博通文史，喜歡詩賦創作，現存詩歌有八十多首，大致可分為：言情詩、談禪悟道詩、宴遊贈答詩、詠物詩。和王融、謝朓、任昉、沈約、范雲、蕭琛、陸倕七人並稱「竟陵八友」，在齊永明時代的文學界頗負盛名。曹丕〈燕歌行〉雖是七言詩的開山之作，但七言詩體到了梁武帝的時候，才有進一步的發展。後世文人對齊梁詩評價並不高，白居易稱其「嘲風月，弄花草」，風雲氣少，兒女情多。梁武帝的詩作從題材、內容、風格各方面而言，無一不體現齊梁詩歌的特點。

慶端午，懷屈原

農曆的五月五，是端午節，粽子飄香的知名節日。

在春秋時代，屈原是楚國人，有一次秦國的國君想要以通婚為名來陷害楚國的大王，當時屈原極力的反對，但是楚王並沒有採信諫言，反而將屈原流放到邊境，後來楚王果真被秦王所殺。屈原得知這個消息，傷痛之餘，傳說，就在五月五的那一天，屈原自抱巨石沉汨羅江而死，後世感念他的憂國憂民，悃悃忠誠，卻終究無法為國所用，於是，划龍舟，為屈原招魂；包粽子，希望江中魚蝦吃粽子，而不要傷及屈原遺體。

的確，划龍舟，吃粽子，一年又一年，我們都是這樣過端午節的。

大學畢業後，教書多年了，有一年，我的好朋友得了乳癌，經過治療，然後逐步走向康復。身心都受到創傷，復健更是一條漫漫長路，相信所有的過程也是辛苦的。那年，她跟我說，她要去參加端午節的划龍舟競試。因為划龍舟需要用到整隻手運動，也對胸肌大有幫助。所以，划龍舟比賽裡，會有這樣的一條船，參與的選手都是此類的患者。

聽起來，多麼有意義。

屈原如果有知，也會很感動吧。原先以為的一個節日活動，到了今日，居然和醫療相結合，已經不完全只是節慶娛樂了，還有對遭受疾厄之苦的人們，提供了扶持的效益。

至於，端午節時，大家圍坐在一起包粽子、煮粽子、吃粽子，一家和樂融融。小時候，我們都爭著要包粽子呢。那時年紀小，玩鬧的成分居多，母親也由著我們，我們名為「學習」，卻總是心不在焉，忙著吃吃喝喝。長大以後，我們記住了那些歡樂的時光以及母親的愛寵，陪伴著自己勇敢面對往後艱難的各種人生關卡。

為了紀念屈原，我們綁的粽子儘管滋味再美好，然而，屈原何曾嘗過？

屈原高潔的人格和不幸遭遇，引起了後人無限的景仰與同情。在漢代，賈誼、司馬遷過汨羅江就曾駐足憑弔，為之一掬英雄淚，許多詩人也都各自留下了佳詩美篇。

我喜歡唐・戴叔倫〈題三閭大夫廟〉：

沅湘流不盡，屈子怨何深。
日暮秋風起，蕭蕭楓樹林。

沅江湘江長流不盡，屈原心中的悲憤像水一般的深沉。暮色蒼茫，秋風驟起江面，吹進了楓林，聽得滿耳蕭蕭的聲音。

真是情動於中而形於言、即景成章的一首詩。多麼扣人心弦！想屈原縱有一身匡時濟世之才，卻因奸邪的讒毀而不得進用，最終流放江潭，波濤之間，只聽得聲聲遺恨。

我們今日讀來，緬懷之餘，也依舊感觸良深，惆悵滿懷。

唐・戴叔倫（七三二～七八九）

【簡介】

唐代著名詩人，字幼公，一字次公，潤州金壇（今屬江蘇常州市）人。出生於一個隱士家庭，年少時拜知名學者蕭穎士為師。曾任東陽令、撫州刺史、容州刺史、容管經略使，政績卓越，獲居民仰慕。晚年上表自請為道士。

【文學評價】

其詩多表現隱逸生活和閒適情調，但也反映人民生活的艱辛，如〈女耕田行〉描寫婦女從事田間勞動之苦，〈邊城曲〉敘述士兵遠戍之苦。寫詩講究韻味，主張「詩家之景，如藍田日暖，良玉生煙，可望而不可置於眉睫之前也。」為後世神韻派先導。戴叔倫的詩，自唐人高仲武說「其骨稍軟」後，清代的紀曉嵐、翁方綱、喬億等人也都稱其「雄渾不足」或「皮鬆肌軟」，宋、元、明、清歷代評論者比較認可的基本是他的五言律詩。《全唐詩》收戴叔倫的詩三〇四首，但當中有不少偽作。

碧海青天夜夜心

中秋節到了，不免讓人想起在廣寒宮中的嫦娥。

孤單一人的嫦娥，她會寂寞吧？當年，她偷了靈藥，撇下后羿，而獨自飛往月宮，對自己當年的所為，那樣的一意孤行，她後悔過嗎？

當年的背離后羿，或許有不得不然的理由，甚至振振有詞的為自己抗辯，然而，廣寒宮這般冷寂，漫漫長日，她懊惱了嗎？……

傳說，在遠古以前，天上曾經有十個太陽。

多麼熱啊，簡直不堪想像，草枯了，花兒凋零，樹死了，河流乾了，田裡到處龜裂，所有的作物都不能存活。人們汗流浹背，縱然喝再多的水，還是止不了渴。大家都奄奄一息，什麼事都不想做，也做不了。

怎麼辦呢？有誰能施以援手，來解救人們呢？

後來，有個神射手，叫后羿的，出現了。咻咻咻……他連連射出九枝箭，射下了天上的九個太陽。只剩下一個太陽了，依著天體運行，從此，百姓可以過著平安歡喜的日子。

可是，后羿此舉得罪了天帝，天帝知道後，因此大為不悅，惱怒之餘，立刻將后羿和他的妻子嫦娥革除神職，貶到了凡間。后羿覺得愧對妻子，去向遙遠的西王母要了長生不老藥。嫦娥卻趁著后羿不在時，吞下了所有的靈藥，身子輕快飛升，然而，嫦娥怕到天庭會受到眾仙的取笑，只好奔往月亮，成了廣寒宮主。那天，據說就是農曆的八月十五日，於是後人便在每年的八月十五日祭月。

中秋節了，月圓，人團圓。人間有種種的歡聚。

還吃月餅，吃文旦柚。月餅圓，文旦柚也圓，人間處處都彰顯著圓滿。

這些因中秋節而想出來的應節食品，再好吃，再美味，嫦娥一口也沒有嘗到。

人間的歡聲笑語，和樂融融，相形之下，廣寒宮裡卻只有一片淒清。

讓人想起唐．李商隱的〈嫦娥〉一詩：

雲母屏風燭影深，長河漸落曉星沉。

嫦娥應悔偷靈藥，碧海青天夜夜心。

夜已經深了，只見燭影投射在雲母屏風上，這時天河漸漸的降落而曉星也已稀微。月宮裡的嫦娥恐怕會後悔偷了長生不老的藥，現在只有那青天碧海夜夜陪伴著她孤獨的心。

「嫦娥應悔偷靈藥，碧海青天夜夜心。」一詩人李商隱的名句千古流傳，至今都不曾歇止。

大詩人敏銳的心思，揣想了嫦娥的內在世界，是那樣的幽微，而難以為外人所知悉，卻令我們大為傾心。

可是，就算是真的，事已至此，嫦娥的後悔不也太遲了嗎？

廣寒宮裡多淒涼，只有自己形單影隻，然而，這一切，不也是咎由自取嗎？每年中秋，紅塵裡月圓人團圓。縱然，在天上的嫦娥細數著自己的心事，可是，這心事又能說給誰聽呢？

唐・李商隱（約八一三～八五八，未有定論）

【簡介】

字義山，號玉谿生、樊南生。和杜牧合稱「小李杜」，與溫庭筠合稱為「溫李」。早年生活貧苦，青年時期因文才受到牛黨要員令狐處的賞識，引薦他為節度巡官，並教他駢文寫作，然因涉入牛李爭鬥災禍，仕途並不順利。不幸的個人際遇加上憂時傷國的情懷，化為創作，成就了他的文學地位。

許多評論家認為，在唐朝的優秀詩人中，其重要性僅次於杜甫、李白、王維等人，常被視為晚唐最傑出的詩人。鮮明的個人風格，對後世有極大的影響力。晚唐與宋代皆有不少詩人學習他的詩風。

【文學評價】

擅長七律、五言排律，七絕也有不少佳作。詩作詞藻華麗，音韻優美，擅長描寫細膩的感情。風格受李賀影響頗深，在句法結構上則受杜甫與韓愈的影響。經常用典，喜用各種象徵、比興手法。因一生於政治爭鬥與戀愛苦痛裡糾纏，性格抑鬱傷感，作品大半借託史事懷古傷今，具諷刺意味。愛情詩風格清麗，其中以〈無題〉為代表的詩歌表達撲朔迷離又婉轉的感情，被視為他愛情世界豐富的體驗。

宋代葉夢得《石林詩話》云：「唐人學老杜，為商隱一人而已；雖未盡造其妙，然精密華麗，亦自得彷彿。」清代詩人葉燮於《原詩》中評李商隱的七絕「寄托深而措辭婉，實可空百代無其匹也。」

楓紅之美

每年的十一月中旬，是日本京都賞楓潮的開始。遊客從四面八方大量的湧入，帶著興奮，彷彿是和故人的重逢。不論是購物、探訪，賞楓必然是主軸的節目。

由於這次我們來得比較早，楓葉才紅了幾分，於是更因此看到了它的一再轉變。好像是神奇的魔術師，由綠變黃，轉橙，再轉為紅褐，真讓人嘆為觀止。造物主才是偉大的，世俗的顏料，何其有限，哪裡調理得出這般的賞心悅目呢？

我們走訪了京都近郊的化野念佛寺。沿途多的是楓樹，有綠意，有金黃，還有豔麗的紅，豔紅就像焚燃的火，真是一場豐美的嘉年華！

可是，唐朝詩人許渾的詩〈秋日赴闕題潼關驛樓〉，卻有不同的感觸：

紅葉晚蕭蕭，長亭酒一瓢。
殘雲歸太華，疏雨過中條。
樹色隨山迥，河聲入海遙。
帝鄉明日到，猶自夢漁樵。

對著風吹過紅葉蕭蕭的晚秋，我在長亭飲下了一瓢酒。殘留的雲霞向著太華山飄然行去，稀疏的雨點落在中條山上。樹色蒼蒼，隨著山勢遠去，黃河也流向遙遠的海洋。想到明天就可以抵達長安了，可是，在我內心的深處，卻依然對漁樵的生活念念不忘。

這詩顯得雄奇高超，就在晚風中，紅葉和雲雨更添了幾許柔情。我們也在路旁，靜靜的聆聽風輕拂過樹梢的低語，它們都在說些什麼呢？是傳遞遠方思念的訊息？在竊竊私語裡，可有屬於遙遠天際的祕密？……

人是微渺的，唯有敬畏，唯有感恩。敬畏上天的崇高，人不可能勝天。在謙卑中學習，戒慎恐懼，方才不致招來大禍。感恩今生的所有，太多是來自旁人的善意和上天的成全。知福惜福，我們才會是快樂的。

清晨的念佛寺，一片寧靜，還未見到遊人絡繹於途，也或許，我們趕著一大早來，這樣的迫不及待，似乎有點兒好笑。九點才開啟大門呢。遊客未來，朝山者也未到，山門前一片肅穆，只有楓葉在風中譁笑著，像頑皮的孩子在玩著捉迷藏的遊戲。

陽光輕灑，露珠晶瑩，在楓葉上閃著微光，那是上天喜極的淚嗎？我們在寧靜中走著，享受美景如畫，我們也好像走在圖畫之中，走在唐人的詩卷裡。

想到跌宕起伏的一生，我們總是跟著因緣走，卻不知因緣的生滅無常，於是，我們的心經常懸在悲喜中飄蕩，無有止時。其實，放下，得自在，才是真正的大智慧。

此時，我們的內在一片澄明，細細領會上天所給予的無言大美，那又是怎樣的幸運。

唐・許渾（七九一～八五八）

【簡介】

字用晦，為武后朝宰相許圉師的六世孫。先後擔任當塗尉、太平縣令。後擔任監察御史，因病乞歸。後復出仕，歷任州司馬、刺使等職。晚年退隱，居丹陽丁卯橋，自編詩集，為《丁卯集》。

【文學評價】

其詩作體裁多為律詩與絕句，句法圓穩工整，清代文學家田雯《古歡堂集・雜著》曾評曰：「聲律之熟，無如渾者」，著名詩人杜牧、韋莊以及宋代陸游皆極其推崇。《全唐詩》收其詩十一卷，存詩五百餘首。

織錦

讀大學時，我在臺北。

有空時，我上百貨公司，給母親買幾塊衣料，以織錦緞面為多。

母親常有機會穿旗袍，其實，旗袍也很能襯托出她那清麗脫俗的氣質。我私心以為，織錦旗袍和母親是相得益彰的。母親的巧思，讓旗袍的盤扣，件件都別出心裁。依著圖樣來做，如果衣料上是菊花，那麼，盤扣就是菊花的模樣，以此類推。全都出自母親的機杼，母親的手巧，也由此可見一斑。

我的手不算笨，可以打毛海外套、帽子、圍巾、背心等等，還有鉤大娃娃、珠包，做小棉襖、刺繡……可是到底心思不在這兒，更多的時間都拿去閱讀和寫稿，我的手藝的確遠不及母親的巧慧。

最近，我在朋友的賞楓攝影集裡，讀到一幀名為《織錦》的攝影照片。攝於金閣寺，畫面簡單，以天空純淨的白作為背景，有一株楓以它的的枝葉為主題。紅色的楓葉，疏落有致，竟然比畫還要耐人尋味。

也或許是〈織錦〉的名稱取得好，我再三的瀏覽，還是覺得十分的喜愛。心湖裡泛起的，不只有對母親的思念，也想到我們都該為自己的人生，織出美麗的錦繡來。

年少時，我曾讀過唐．杜牧的〈山行〉一詩：

遠上寒山石徑斜，白雲生處有人家。
停車坐愛楓林晚，霜葉紅於二月花。

沿著不平的石路，我登上了帶有寒意的山間，白雲飄出的地方自有人家。我因為深深喜愛傍晚楓林的美景，而停下車來欣賞，你看，經過霜打的楓葉，竟然比二月的鮮花還要紅豔呢。

這首詩沒有秋的蕭索，卻蘊含著對春的冀望。

我們對自己的人生必然有過期待，有人失落沮喪，有人則愈挫愈勇。面對困難，堅持和勇敢都是必須。我願意相信世上沒有過不了的關卡，自助天助，終究是大有可為的。

可惜，在這個過程裡，有人被名利所迷惑，竟然放棄了初衷，寧可隨波逐流，真是讓人扼腕嘆息。

富貴終究成空，放棄了理想和夢，有多麼的可悲！

平日我過單純的生活，卻努力去追尋一個豐美的人生夢想，這就是我所謂的幸福。

我不知道，我能否如願的實現自己的夢想？但我明白，我已經逐步走在日漸接近的路上。這令我歡喜自得，認為此生不虛。

為人生織錦，是我永恆的企盼。

唐．杜牧（八〇三～八五二）

【簡介】

字牧之，號樊川。出身於顯赫的官宦世家，祖父杜佑曾任宰相。少年時期已展現其文學才華與政治抱負，博通經史的他尤其關注治亂與軍事，二十三歲時寫下著名的諷刺時事之作〈阿房宮賦〉，二十五歲作長篇五言古詩〈感懷詩〉，表達對藩鎮問題之見。二十六歲考中進士，授弘文館校書郎職，最終官居中書舍人（中書省別名紫微省），人稱「杜紫微」。晚年居長安南樊川，後世稱「杜樊川」，著有《樊川文集》。

【文學評價】

詩文皆擅長，在唐朝並不多見，清代洪亮吉評曰：「有唐一代，詩文兼擅者，惟韓柳小杜三家。」杜牧的長篇五言古詩風格強勁有力，也擅長七律，是晚唐時期最擅長七律的詩人之一。其絕句詩作語言清麗，情韻綿長，在藝術上別具一格，為後人所推崇。時人稱其為「小杜」，以別於杜甫；又與李商隱齊名，人稱「小李杜」。清代管世銘

《讀雪山房唐詩序例》曾評：「杜紫微天才橫逸，有太白之風，而時出入於夢得。七言絕句一體，殆尤專長。」明朝楊慎《升庵詩話》曾評：「（杜牧）詩豪而豔、宕而麗，於律詩中特寓拗峭，以矯時弊。」

喝茶的下午

朋友來訪，就在下午，於是我們一起喝茶。

最近我常喝的是「紅玉」，也就是阿薩姆紅茶，那是知名的臺茶18號。

以前我不愛喝紅茶，一方面也因為臺灣的好茶多，各有千秋。不論是屬輕發酵茶系、清新悠揚的「碧螺春」與「文山包種」，也有屬半發酵青茶系、既清鮮又爽醇的「高山烏龍」和「金萱烏龍」，臺灣獨有、香氣如花滋味如蜜的「白毫烏龍」，也備受矚目……可謂琳瑯滿目，各有忠實的擁護者。另一方面是我不曾喝過好的紅茶。

有一年，我受邀到中部參觀訪問，去過魚池鄉，又去了日月潭，有人送了日月潭紅茶的茶包，那只是試用包，我完全沒有放在心上。回來以後，就隨意擱在桌上。印象裡，茶包好用，卻多半是品質普通。有一天，閒居無事，就拿來沖泡，沒有想到如此香醇可口，一喝難忘，才大為驚訝。原來，我們早就有這麼高品質的紅茶了。至於茶包，原是為了因應潮流趨勢，方便飲者飲用，也是一種體貼的心意。

從此，我對臺灣紅茶刮目相看。

紅茶類屬全發酵，有既扎實又奔放的「蜜香紅茶」和「臺茶18號」等等。

平日，我還是喝烏龍茶比較多。

喝茶的好處是悠閒。讓生活的步調舒緩起來，閒閒的喝，慢慢的說。為什麼要把日子過得那麼匆促、緊張，充滿了壓力呢？越來越覺得壓力的可怕，壓力會是百病之源，唯有自求緩解，才是正途，醫藥的幫助不多。有時候，也可以考慮讓自己休假，有人遊山玩水，有人運動，有人讀書，有人集郵……總之，有許多的方法足以消除精神上的疲勞，就依個人的嗜好，加以選擇。

我呢？我和朋友們喝茶聊天。

談談生活中的瑣事或糗事，可以自娛娛人。沒有人是天生聰慧的，總有思慮不夠周到的地方，可以就教於高明，也可以在彼此的安慰和鼓勵之下，願意再試一次，更願意鼓起勇氣，繼續前行。

很多事情，也並不如自己想像中的那麼絕望。有時候只是我們無意間鑽進了牛角尖，一時竟然走不出來，有人加以勸說，也才豁然開朗。

好朋友，永遠是生命裡的陽光，帶來了希望和溫暖。有時候回顧往事，有時候瞻望將來。有人在心靈裡陪伴，便不再覺得孤單。即使尋常日子也顯得有滋有味了起來。

唐．王維有一首〈送別〉的詩，是我很喜歡的：

下馬飲君酒，問君何所之？
君言不得意，歸臥南山陲。
但去莫復問，白雲無盡時。

我下馬拿酒請你喝，問你要前往何處？你說，人生在世不得意，想要回到終南山邊隱居。你只管去吧，什麼也不用再說了，我們的友誼，就像那天上的白雲悠悠，沒有窮盡之時。

這首小詩的好，在於平淡自然，如話家常。讀來但覺語淺而情深，含藏著無限的友愛，餘味也無窮。

我很慶幸，一路走來，總有許多人願意以善意待我……

喝茶的下午，讓我的心也像一朵悠閒的雲，東張西望，處處好奇，也充滿了無限的歡喜。

願你安好

願你安好，是我對你真誠的祝福。
請別問我，人生的試煉何時可以遠去？生命的傷痛什麼時候可以撫平？
或許，自己的心中更加了然吧。
我曾讀過明朝于謙〈詠石灰〉一詩：

千鎚萬鑿出深山，烈火焚燒若等閒；
粉骨碎身渾不怕，要留清白在人間。

就像石灰，先從深山中運出，被採石工人千錘萬擊，打得粉碎，再經過窯中烈火的鍛燒，這些都算不得什麼！又何必怕什麼粉身碎骨，粉刷牆壁，塗抹潔淨，我的心願就是要把清白的本色長留在人間。

人世間的淬礪也是這樣吧？

你曾經是我的同事，那時候，我們多麼年輕啊。才剛踏出校門，愛笑愛鬧也愛玩，青春無敵，果真是耀眼而美好。後來，我離職他調，多年來，我們都有著各自的滄桑。

如今，早已不再年輕了，方才體悟身體的重要；雖不至於老邁，健康卻成衰頹之勢，多麼讓人怵目驚心。

三年前，驚聞你中風倒下，我找老同事也是好朋友素華探問，你們一直都在一起工作的。她竟支吾其詞，問多了，她說：「哪天妳南下，我們一起去看他吧？」

此次，我們終於會面。你撐著枴杖，勉強行走，氣色還不錯，但言語上有障礙，溝通得靠比手畫腳。反倒是你的母親，八十歲的人了，忙進忙出的張羅款待我們，全然看不出她早些年也曾中風過。你的歲數比令堂年輕一大截，更不應輕易放棄，務必要一再的鼓舞自己努力復健，只要勇於堅持，日起有功，一定可以重拾健康，如你母親一般。

素華跟我說，你剛送到醫院時，昏迷不醒，情形很糟，她幾次背著你哽咽流淚。是的，我們都是多年的老朋友，情誼深厚，你待人尤其誠懇，雖然話不多，但是大家都敬重你。只是這樣天翻地覆的一場大病，莫非是你命中無法逃離的劫難？然而，禍害的來臨迅雷不及掩耳。事情既已發生，唯有誠實面對才是上策。勇氣會帶給我們力量，終究突破困境，讓我們看到新的希望。

唉，道理人人都懂，力行才最重要。願你鍥而不捨，早日康復，為我們帶來更大的驚喜。

唯有你堅信自己能，你才能涉渡人生的風雨，走過試煉，撫平傷痛。

真誠的祝福你，願你安好。

明・于謙（一三九八～一四五七）

【簡介】

字廷益，號節庵，官至總管軍務的少保，世稱于少保。進士出身，受明宣宗、英宗賞識。個性剛強，為官廉潔正直、盡忠職守。在英宗被瓦剌俘虜的土木堡之變後，力排南遷之議，請郕王即位為明景泰帝，並指揮北京保衛戰取得勝利，為一大功績。但在英宗復辟後，于謙被誣陷謀逆罪而入獄冤死。

【文學評價】

于謙與岳飛、張煌言，合稱「西湖三傑」。

孤臺明月

翻讀舊日信件時，居然讀到秀慧的信函，心中的思念有如海潮般洶湧，倏乎將我淹沒了。

秀慧是我初中時的好朋友，人高瘦而清秀，我們都喜歡閱讀。畢業以後，我考取臺南女中，她則讀高雄女師。我們一直都有書信往返，寒暑假時則相約見面，彼此交換好書來讀。我是在她的推薦之下，讀了整套的莎士比亞全集，如今想來，已近四十年前的事了。

她好學上進，喜歡英文，通常師範教育英文學得不多，她卻遙遙領先。程度好到可以以英文教外國人中文，所以她在教學之餘，定期到天主堂義務去教外國修女。不只這樣，她還寫小說，曾獲聯合報文學獎。

她的信寫得非常好。字體端莊秀麗，又透露著關懷和溫暖，她也一直是個篤實勤懇的人。

後來她得了腸癌，仍在如花的年紀，消息令人錯愕。她平日重視健康，每個週末，還特地搭車到臺大打球。她住在內湖的碧湖山莊，那是她姊姊、姊夫的住處。我到臺北研習時，曾經前往探望。景色清幽，戶戶都是小洋房，還有美麗的院落。那時候我們都很年輕，我正在學書法，她並不贊成，覺得應該先把文章寫好才是。我沒有解釋，回去以後，寫下當日的見聞和感想，刊登後，將剪報寄給她看。她大為嘆賞，肯定我能精準駕馭文字，從此對我的習字，不再有異議。

可嘆，她不久就生病，期間曾經很開心的閱讀了我的第一本新書。她前後開了兩次刀，情形越來越壞，書不能教了，被送往南部麻豆的老家靜養。那時，我在白河教書。我們每週見面，她常訴說她的疼痛，還曾兩度自殺未遂，令我非常不忍；可是如果她無法好起來，我又能怎樣勸她呢？沒有未來，只有疼痛，往後的日子又該怎麼過下去？

她終究不起，那時候我在臺北進修，事後，由她的兄長轉告。我依舊哀傷不已，以她的善良優秀，她應該存活下來，好奉獻更多的心力給國家社會。

我讀著她的信，寫的是化療的辛苦，她更關心她的病友，才二十五歲，字裡行間透露著不捨，卻不知我們懷著同樣的心情理解她。

「我心真不忍，一個素質那麼好的女孩子，她的生命該受到特別的呵護啊！」這難道不也是我們的心聲嗎？

唉，她終究走了三十多年，她在一九八四年一月十二日給我的信上說：「人生苦短，真要把握方向，努力不懈，如果什麼都沒做就上黃泉路，那太可惜了……」她何嘗不是壯志未酬呢？而我幾十年來的努力，或許她是嘉許的吧？

可惜，我的書一本一本的出，她是再也看不到了。縱有再多的好評，得更多的獎，上更多次的暢銷榜，卻少了和她分享的歡愉，我的心中的確是有很深的遺憾。

想到她在同年的三月二十四日信上所寫：「做妳的朋友真好，常能分享妳的成就與看法，除了妳對人的關愛外，純良上進的妳實在讓我喜歡……」那年暑假，她就過世了。

歲月悠悠，多少往事讓人悵惘！

她辭世已久，我的思念不曾稍減。近日，我讀南朝·張融的〈別詩〉，心中哀戚不已。

白雲山上盡，清風松下歇。
欲識離人悲，孤臺見明月。

山上的白雲已然飄盡，松下的清風也已經止歇。如果想要知道別離的愁緒，就在高臺上遙望明月吧。

她的人品高潔，也一如白雲、清風和明月，讓人時時仰望和懷想。

親愛的秀慧，妳離世時多麼年輕，依舊洋溢著青春的氣息。如今我已走在人生的黃昏，鬢髮飛霜，若他日相逢，還認得出我嗎？

南朝・張融（四四四～四九七）

【簡介】

字思光，南朝劉宋、南齊時代的文學家、書法家，吳郡吳縣（今江蘇省蘇州市）人。出身世族，會稽太守張暢之子。劉宋時期，做過北中郎參軍，後來加入南齊高帝蕭道成幕府。世稱「張長史」。

【文學評價】

張融代表作《海賦》，頗有構思奇特之語。存詩五首，其中的〈別詩〉情景交融，是典型的意象詩，極具特色。明代張溥輯有《張長史集》，收入《漢魏六朝百三家集》。南朝梁鍾嶸《詩品》列其作為下品，論其詩曰：「思光紆緩誕放。縱有乖文體，然亦捷疾豐饒，差不偏促。」

對待

你是怎麼對待朋友的呢？

我先接到同事的電話，他問我婉如學姊的事。

我說，完全聯絡不上。去年學姊的先生曾經接過我的電話，信誓旦旦的說，學姊出去買菜了，等她回來會給我電話。結果沒有。到底是根本沒有轉告，或者轉告了，學姊不想回電話，我就不知道了。或許，對方認為我不算是該聯絡的人吧。我無所謂啊，好朋友多的是，不差一個。何況，那年所以努力找她，我也只是受人之託。

然後，我接到一通來自美國的電話，我不認識，那是婉如學姊的好朋友打來的。問的，當然也是同樣的事。對方非常關心，因為打了無數次的電話，還是找不到學姊，深怕她生病了，或者有其他的事。

我其實是很受感動的，以婉如學姊的孤高，居然有這樣貼心的好朋友，多麼難得。

那年，為了找婉如學姊，簡直是天翻地覆，結果一無所得。看來她的旅美好朋友也將遇到同樣的問題。

既然學姊根本不接電話，於是我寫了一封限時信，即刻寄出，希望學姊能給她的好朋友打個電話。也免得對方一再苦等，焦慮不已。

我最近忙翻了，只好先丟下自己的事來幫忙處理，然而緊接著我會更忙。我建議對方，等回臺灣再找吧。最近有人見過學姊，在一個聽演講的場合。相信還不至於出了什麼事，一個人如果要自我封閉起來，別人是沒有辦法的。如果學姊真的有事，她的家人會協助，請不必那麼擔心。

想起隋．楊素的〈山齋獨坐贈薛內史二首其一〉：

居山四望阻，風雲竟朝夕。

深溪橫古樹，空巖臥幽石。
日出遠岫明，鳥散空林寂。
蘭亭動幽氣，竹室生虛白。
落花入戶飛，細草當階積。
桂酒徒盈樽，故人不在席。
日暮山之幽，臨風望羽客。

住在山中，舉目四望，都受到阻隔，每日早晚的風雲都變化萬千。古樹橫臥在深深的溪流之上，幽石隱蔽在空空的崖穴之間。日出時遠山一片明媚，飛鳥散盡，整座森林更見空寂。長滿蘭草的庭院散發著幽香，遍生青竹的屋宇顯得空明虛澹。落花片片隨風飛入了窗戶，細草叢叢在階前滋生蔓延。即使把桂花酒斟滿了酒杯也是徒然，只因老朋友不在坐席之前。日暮之後，山中顯得特別幽靜，我迎風盼望你能像仙人一樣乘風而至。

殷殷情意，多麼讓人為之動容，學姊讀得懂嗎？……

後來，學姊的旅美好朋友又跟我說，學姊之所以不願意接電話，是因為臺灣的詐騙電話太多了。

這個理由，我無法接受。

我說：「她可以把所有的朋友都當作是騙子嗎？可以這樣做嗎？」

對方停了一下，說：「不可以。」

學姊這樣子待人，莫非是打算成為「孤島」？如此自絕於人，後果恐怕必須由自己承擔。

別人不是沒有伸出友誼之手，拒不接受，也只是她的個人作風。只是怕受騙？到底是誰騙了她？

想到學姊此生仍有這樣的好朋友，真該善自珍惜，只不知，學姊又是怎麼對待好朋友的呢？

隋・楊素（五四四～六〇六）

【簡介】

字處道，弘農華陰（今屬陝西）人，北周、隋朝的軍事家、詩人。其祖楊暄在北魏是中等官員，父楊敷是北周開國功臣，而他深受隋文帝楊堅的信任，是隋朝的開國功臣之一。官至司徒，封楚國公，謚景武。

【文學評價】

他的詩歌結合了北方的雄渾剛健與南方的清新雅致，一掃南北朝的浮華之風，為文壇帶來新氣象，創作成就較高，是詩風轉折過渡階段的代表詩人之一。清代劉熙載稱其「詩甚為雄深雅健。齊梁文辭之弊，貴清綺不重氣質，得此可以矯之。」

想念的幸福

在我認識的人裡，他是個讓人尊敬的長輩，對我們都很愛護，情誼介在師友之間。多麼讓人懷念他的溫煦。

知道他很久了，是三十多年前的事了。

他是個外科醫生，是好朋友的英文老師。我的好朋友上進，曾經跟他學過一段時間的英語會話，那時我剛畢業，在外地教書。後來醫生到奈及利亞行醫，我的好朋友方才想起來，應該讓我們也彼此認識。她說：「醫生很有學問，而且溫文爾雅，這是大家一致公認的。」可是彼此的距離如此遙遠，於是，我們從筆友開始，魚雁往返多年，談的都是讀書和生活。那時候，他的家眷已經長居美國了，妻子也是醫生。

他的興趣廣泛，喜歡歷史、人文和考據。去玩，不只是觀賞山水，簡直是作學問，古今變革，洋洋灑灑。他是我「多聞」的益友。

等到他回臺灣時，好朋友已因腸癌而過世，世事多變化，卻也由不得我們。他先後在臺北、桃園的醫院行醫，假日常到兩廳院來觀賞各種表演，有時候也鼓動我一起去欣賞。他讀大學時，就很活潑，見不得不公不義的事，還曾經是學生自治會的代表。這樣的習性似乎不改，在我的眼裡，他一直是個見義勇為的人。

他為人正派，所以人緣也好，跟以前的工作夥伴也常有聯絡。有個和他相熟多年的護士小姐退休後在家帶孫子，他也竭力鼓勵對方出來讀詩詞，希望每個人都力求上進，以同走美善的大道。

後來，他給我一信，告知得了胰臟癌。這病凶險，我曾到國泰醫院去探望。秋日蕭索，仁愛路上一片淒風苦雨，我的心境因而黯淡愁慘。那時，他的精神仍好，之後轉院到關渡，幾經折騰，終究過不了這個關卡。

永別了，我心中想起的是唐・李白的〈送友人〉：

青山橫北郭，白水遶東城。
此地一為別，孤蓬萬里征。
浮雲遊子意，落日故人情。
揮手自茲去，蕭蕭班馬鳴。

眼前有青山橫亙在北郭外，白水繞過東城不停流去。我們就在這裡要分手了，此後像蓬草似的萬里飄零。浮雲就像遊子的行跡，無有定所，朋友的別情一如落日，無可挽留。揮一揮手，你走了，我只聽見離群的馬兒正蕭蕭的哀鳴。只是這最後的送別，相逢卻難期。

一轉眼，他辭世也有十多年了。

還記得，他曾經跟我說過，他的人生座右銘是：「隨遇而安，自求多福。」經歷過顛沛流離的戰亂，而後避居海島一隅，多少艱難都已承受，果真能隨遇而安、自求多福，也可見他的豁達和智慧。

感謝那些年來，他對我們的疼惜和善意，他一直是個精進不已的人，堪稱我們的榜樣。在生活的周遭，能有這樣的一個人讓我們學習，我們又何其幸運。

作為醫生，他視病猶親。身為長輩，他願意教導。當一個朋友，他樂於說鼓勵的話語。能認識他，是上天給予的大禮。

他已經辭世很久了，在這麼一個陰雨的日子，讓我想起他的音容笑貌，彷彿仍在眼前，心中洋溢著溫暖。

多麼想念他，連想念都是一種幸福。相信他在另一個世界裡，也必然活得有聲有色，因為他的人生從來不虛度，都是有意義的。

唐・李白（七〇一～七六二）

【簡介】

字太白，號青蓮居士，有「詩仙」、「詩俠」等稱號，與杜甫合稱李杜。才華洋溢，作品內涵豐富，眾多詩篇成經典，傳頌千年而不絕，有《李太白集》傳世。自五歲接受啟蒙教育，十歲開始讀諸子史籍，學習內容廣泛。少年時期即喜好作賦、劍術、神仙、奇書；青年時期開始在中國各地遊歷。曾拜縱橫家趙蕤為師，學習一年有餘，對他產生深遠的影響。

中年時期，於玄宗天寶元年曾供奉翰林。但其桀驁不馴的性格，不到兩年便離開了長安。於洛陽結識杜甫與高適，成為好友。晚年時期，於安史之亂爆發後，曾應邀作永王李璘的幕僚，後因永王觸怒唐肅宗被殺後，李白因而入獄，因郭子儀力保，得以免死。晚年於江南一帶漂泊，後投奔其族叔任職縣令的李陽冰，最後病逝於寓所。舊唐書載，李白飲酒過度，醉死於宣城。另有傳說，他於舟中賞月，因下水撈月溺死。也因此說，後人將他奉為水仙尊王之一，可庇佑水上貿易商人、船員與漁民。

其詩浪漫奔放，才華橫溢，行雲流水，宛若天成，傳誦千年而不絕。

【文學評價】

一生創作大量詩歌作品，涉及題材廣泛，內涵豐富，融合百家之說。鍾好古體詩，擅長五言古風、樂府詩與七言歌行；近體詩擅長五言絕句、七言絕句。也寫五言律詩、七言律詩。創作風格浪漫，極富個性的抒情色彩，內容蔑視庸俗與反抗權貴，把南朝以來華靡的文風帶到創造性的發展路途。想像豐富，比喻生動，擅長運用樂府民歌的語言，自然率真。其詩作對後世產生的影響深刻，無可估量。

杜甫對李白評價甚高，稱讚他的詩「筆落驚風雨，詩成泣鬼神」（〈寄李十二白二十韻〉），「白也詩無敵，飄然思不群」（〈春日憶李白〉）。韓愈對其極為推崇，曾云：「李杜文章在，光焰萬丈長。」（《調張籍》）。唐文宗曾下詔將李白的詩、裴旻的劍舞、張旭的草書稱為「三絕」。白居易曾做〈李白墓〉一詩追念：「可憐荒隴窮泉骨，曾有驚天動地文。」

今年花勝去年紅

我們每年相見一次，她們戲稱為「一期一會」。今年因為新冠肺炎疫情的影響，好不容易等到逐漸緩和，於是快快定了會面的日期。

她們是我當年課堂上的學生，就在週末來玩，真有說不出的歡喜。

她們是淑滿、碧秋、惠玲、雅慧、季花、盈秀、淑妮和世梅。幾乎都在去年見過，惠玲好久沒來了，很高興這一次可以看到她，她還是很瘦，同學們說：「她從來就沒有胖過。」到底意思是，她的先天體質原本如此？或者，言下之意是不勝羨慕之至？

惠玲卻說，她的早餐吃得非常多，足以讓人嚇一大跳！真的嗎？簡直無法想像。難道她每天只認真吃這一餐，其餘都不過是蜻蜓點水，聊備一格？

季花說話真有趣，尋常話語都說得妙趣橫生，令人絕倒。她們很多都住在南部，有幾個是昨天就來臺北了，一起住在碧秋美麗的新居。碧秋熱誠招待，還親自開車帶她們去玩。

碧秋的開車技術看起來很厲害，倒車入庫，有如行雲流水，毫無窒礙之處，簡直就像藝術家的揮灑自如，讓車上的老同學個個佩服得五體投地。就在車裡沿途瀏覽之時，看一景點，季花大叫：「快快快，路邊停車！」

碧秋有點慌張的說：「我只會倒車入庫，不會路邊停車啦。」眾皆傻眼，不敢置信。

難道車上好友們無一能見義勇為，代為停車嗎？

問題是，碧秋開的是一輛豪華賓士大房車，這麼貴！萬一稍有擦撞，就怕賠不起。後來花了好大的力氣，碧秋總算成功的把車停在路邊的格子裡……

原本就說好要喝下午茶，先叫外送飲料。事前曾經徵詢過我的意見：「老師想喝哪一種飲料？」我很少喝外頭的飲料，樣樣新鮮，後來就由她們代為主張，好像是珍珠奶茶，滋味不錯。

下午茶，要訂必勝客的外帶披薩，買大送大，距離我家只需三分鐘的步行路程，由淑滿和淑妮去拿。

淑滿很能幹，人也溫和，話不多。淑妮是國小代課老師，新學年依舊留在去年的學校教，全班只有五個小朋友。

世梅是個美人兒，很開心的聽大家說，偶爾也插幾句話，總是笑咪咪的。

由於一進門大家就拚命拍照，先拍團體合照，接著又每個人輪流跟老師拍。為了保險，以免失誤起見，每次至少要拍兩張……我看到盈秀流著汗，為大家攝影。這個當年想當記者的女生，雖然後來沒有如願，攝影技術還是很優的。有時候，是碧秋或淑妮幫忙拍照。

雅慧這次的氣色看起來比去年好很多，她經歷過多次重建手術，夠勇敢，身體正在逐漸康復之中，真讓人感到欣慰。

如今，連她們也都走到了中年，嘗盡多少離合悲歡，無論我們曾遭遇多少哀傷，但願都能不放棄心中的愛和夢想。

年少時，我曾讀過清朝黃宗羲的〈書事選一〉，那是一首我喜歡的詩：

初晴泥路覺盤跚，聽徹松濤骨亦寒。
莫恨西風多凜冽，黃花偏耐苦中看。

雨後初晴的泥路上，走來備覺蹣跚；諦聽松濤聲聲，更加覺得連骨頭都透著寒意。莫要怨恨西風有多麼的寒冷猛烈，你看，菊花的傲骨偏能禁受得起這樣的苦寒。

如果，菊殘猶有傲霜枝，人世間的風寒就算不得什麼了，不是嗎？……

這是我對她們以及自己的祝福。

很高興能看到她們，神采更優於往昔。今年花勝去年紅，相信明年花更好。

大家加油。

清・黃宗羲（一六一〇～一六九五）

【簡介】

字太沖，號梨洲，世稱南雷先生或梨洲先生，浙江餘姚縣（今浙江省寧波餘姚市）人。與顧炎武、王夫之並稱「明末清初三大思想家」，被譽為「中國思想啟蒙之父」。著作頗豐，重要作品有《明儒學案》、《明夷待訪錄》等。

【文學評價】

強調文學應反映現實社會，表達真意。詩風樸實，具有愛國主義的精神，表現民族氣節和堅強意志。

快樂時光

他們是童年時的好朋友，由於中午在臺北有個聚餐，他們說：能不能先過來看我？預計停留的時間是兩個小時。

我們因此相會。

其實跟我相熟的是男士，許多年以前曾經是我課堂上的學生，品學兼優，只是很安靜，不太說話。同來的女子非常的活潑，手很巧，我戲稱她是「火鶴公主」，也的確是熱情奔放，像火鶴一樣的美麗，也像陽光一樣的溫煦。

我感謝，我的文字曾經記載了許多我幾乎遺忘的往事。有一次他來看我，或許遇到我身體不好，正在沮喪之中。細心的他回去之後，給了我一封短箋，寫著：「老師，我們不只希望在精神上和您在一起，更希望在實體上亦復如此，但願您能多加珍重。」那時候他在外地讀高中吧?如今他已經是個工程師了。歲月悠悠,想到年少時候的他,我常忍不住要微笑……

好奇怪,他一來,我也馬上由主人變成了客人,我只負責和「火鶴公主」聊天,開心到不行。他忙著倒咖啡、遞甜點,盡做一些雜事,好像變成了「義工」。話還是很少,笑笑的聽我們說話,還說,他喜歡聆聽。

有一會兒,或許我們說累了,無意間,我側著頭望向他,卻看到一雙微笑的眼睛正看著我們,或許,我們的開心也真的令他感到歡喜吧。

那雙微笑的眼睛,多麼令我印象深刻。希望他往後來看老師時,都能不忘攜著微笑的眼睛前來。

其實,他善良而貼心,從十四歲到現在都是,常令我深受感動。

時間一晃眼就過去了,他們告辭、離開,一起去赴飯局。

往日生活裡,這樣的相逢和別離都屬尋常。此刻細想來,方知是幸福。

我曾讀到唐・朱放的〈送溫臺〉的詩:

渺渺天涯君去時，浮雲流水自相隨。
人生一世長如客，何必今朝是別離！

你要去那渺遠的天涯，自然有浮雲和流水相伴隨。唉，人生在世，長年都像是過客，經常都在遷移流離之中，何必認定，只有今朝才是別離呢！

幸好，他們不過是去赴一個飯局，並非是遙遠的天涯，我們都同住在這寶島，相聚的機會仍然是多的。只是，想來，有一天我們終將永別，我們都不過是這個大千世界裡匆忙的過客，又何須為了此刻短暫的分離而感到痛苦？

的確，人間的情誼才是無價，它將生命的荒原變成了綠洲，也將寒涼走成了溫暖。

只是，偶爾我想起他，還是有一點過意不去，這個當年我很喜歡的小男生，長大以後還是很會照顧人，慷慨的、不求回報的，給了我們如此快樂的時光。

唐・朱放（生卒年不詳）

【簡介】

約唐代宗大曆中前後在世。字長通，襄州南陽人。早年居住於漢水濱，後以避歲饉遷居剡溪、鏡湖間。與詩人戴叔倫、李季蘭、上人皎然等人有交情。大曆中，為江西節度參謀，不久告歸，隱居丹陽。貞元二年詔舉「韜晦奇才」，召為左拾遺，辭不就。《全唐詩》卷三一五存其詩一卷，共二十五首，〈題竹林寺〉是他流傳最廣的一首作品。

卷三——

欲問相思處，花開花落時

真誠的期待

妳原本在臺南工作，父母卻住在臺北，或許，真的離家太遠了，幾年以後，妳辭職，回到臺北的家。

我們住得近，在同一個行政區，所以妳也常常過來我的住處聊天。妳的個性溫和，是個可愛的年輕女子。

和家人同住，父母的年紀漸漸大了，妳負起照顧的責任，大致上，他們的健康都還好。

我力勸妳應該考慮重新回到職場，妳需要有自己的生活圈和朋友，而且工作也是一種學習，妳也需要有一些積蓄，未雨應先綢繆。

妳的確找到了不錯的工作，就在要上班的前一天，妳的父親突然中風住院，當然，此後就別提上班的事了。妳忙著陪病，還有往後長遠的復健之路。父母仰仗妳日深，再幾年下來，妳根本無法外出工作了。

妳有弟弟和弟媳，可是他們都要上班。妳乖，照顧的責任由妳一力承擔；可是父母是重男輕女的。關係越緊密，摩擦就不能免，妳曾經自殘過，我聽說後，非常的心疼。

妳的父母何其幸運，到了人生的暮年，還能擁有這樣的乖女兒。

妳喜歡閱讀，性情也十分溫婉，應該會有喜歡妳的人。

也曾有過一些異姓朋友，由於妳的父母持反對的態度，最後也就不了了之。

最近交往的男朋友是個公車司機，個性不錯，人也勤快，難得的是，彼此也談得來。妳的父母依舊反對到底，這次的理由是，對方的學歷不如妳。而且看來，父母的反對非常堅決、激烈，認為妳簡直頭殼壞去了。如果真要嫁給對方，那就斷絕和家裡的一切關係。

我說：「看來，若要修成正果，恐怕得等父母百年之後了。」

妳太乖，點點頭說：「大概就是這樣了。」

只是，相思苦。

一日，我讀清．王闓運的〈春思寄婦〉：

門外青青草，雲低一半陰。
不知春已暮，惟向雨中深。
遠道勞相憶，高樓見此心。
分明碧潭外，微路可重尋。

門外是一片青青的草地，烏雲低垂，天空有一半顯得十分陰暗。不知不覺已到了暮春的時候，只見風雨中春色已闌珊。多勞妳惦記著遠方的遊子，我在高樓上體會妳相思的心情。別忘了碧潭之外，還有一條小路可以重尋往日的溫馨舊夢。

思念，原是相互的。你們的別離也使得彼此的思念更深……

或許需要再多一些時間，讓妳的父母能認識到他的優點，就不會這樣的繼續反對了。也或許事緩則圓。其實，他也有正當的職業，雖然工作的時間長也辛苦，但月入也足以養家。

不過，婚姻有家人的祝福才能無憾。

我真誠的期待妳的人生終將圓滿。

清・王闓運（一八三三～一九一六）

【簡介】

字壬秋，又字壬父，號湘綺，世稱湘綺先生。湖南湘潭人，出生於長沙府。咸豐二年舉人，曾任肅順的家庭教師，後入曾國藩幕府，因意見不合而退出。曾受邀主持成都尊經書院，後主講於長沙思賢講舍、衡州船山書院、南昌高等學堂。門生眾多，較著名的弟子有楊度、楊銳、劉光第、齊白石、張晃、楊莊、李稷勳等。民國二年被袁世凱聘為國史館館長，復辟聲浪中辭歸。所著《湘綺樓文集》中多有傳世之作。

【文學成就】

民初汪國垣稱他為詩壇頭領，冠於一代詩人之首。他作詩從擬古著手，五言長詩宗魏晉，七言長詩及近體詩兼宗盛唐，但不單純模擬古人，而是師法古人之美，鎔鑄而出，自成一家風格。他的詩作於時事有關係者多，〈獨行謠〉、〈圓明園詞〉等都是反映社會的巨作，堪稱史詩。他寫景的詩氣魄宏偉，帶一股高潔傲氣，如〈入彭蠡望廬山作〉就是這種風格的寫照，所以譚嗣同稱他的詩是超越「詩人之詩」，屬於「更向上一著」之類。

圈住幸福

幸福是人人所渴望的，然而，如何才能圈住幸福呢？

兩性之間，當暴力出現，感情必然亮起了紅燈，局勢岌岌可危，離幸福就益發遙遠了。

暴力，所帶來的負面影響極為深巨，甚至是恩斷義絕。

如果在婚前，分手是明智的決定。

如果在婚後，雙方需就教於婚姻諮商，必須明確的讓施暴者知道，若有再一次，就離婚。斷然的處置，不再回頭。

朋友跟我說了一個真實的故事：

記得，當我還是個研究生的時候，有一個晚上，班上的男同學邀我們幾個女生去吃火鍋，大家都太開心了，一直在說話，等到有所警覺，居然已經聊到十二點。都深夜了，男同學不放心，一一送我們回去。

第二天，有一個女生沒有來上課。怎麼一回事呢？難道是生病了嗎？下課後，我們跑去她租屋的地方找她。大白天的，她戴著墨鏡出現，我們都覺得好奇怪。當她拿下了墨鏡，天啊，竟然會是熊貓眼！原來，那晚她的男友久等她不回，後來她回來了，居然有個男人送她回來。她才一踏進門，立刻被暴力毆打。

打完後，男方立刻下跪流淚請求原諒，說是因為太愛她了，不能離開她，一時失去理性，方才出此下策……畢竟感情已非朝夕，認識都幾年了，那女生選擇原諒。

這種情形下，雙方會有一段頗長的蜜月期，然後是第二次施暴，第三次施暴，間距會越來越短，直到受不了，或離開或重傷或發瘋或死亡。

然而，大半的時候，一方的暴力傾向無法在婚前得知，那的確很可怕。

我另外有個女友，她的男朋友溫柔體貼，對她呵護備至，讓同儕欣羨不已。

結婚以後，才是惡夢的開始。丈夫居然和婚前判若兩人，有如惡魔附身，天天痛毆，打得她傷痕累累，根本無法出門。幸好很快就離婚了，要不，恐怕連自己的命都保不住。

暴力，是感情的劊子手。當暴力出現時，必須認真面對，否則，姑息以養奸，只會釀成更大的悲劇。

只是愛一個人，為什麼還加以痛打呢？

有一天，我讀到明．無名氏的〈掛枝兒．月〉：

月兒月兒真個令人愛，
碧團團，光皎皎，直照見我的心懷。
當面看，背後望，清輝徹夜長長在。
愁只愁雲半掩，恨只恨雨還來，
想只想缺有圓時，慮只慮晴難買。

月兒月兒真是教人喜愛啊，碧團團，光皎皎，清晰照見出我的心懷。當面看，背後望，清輝整夜都長在。愁只愁雲半掩，恨只恨雨會來，想只想缺了還會圓，怕只怕晴難買。

全篇以月亮為喻，說的卻是愛情，淺語有味。愛情無法長久圓滿，真有無限的悵惘啊。

會不會這對於嚮往純潔愛情的人，也帶來了黯然神傷呢？世間多少痴情人冀望圈住幸福，卻終究只留下了一聲嘆息！

幸福，我喜歡

幸福，人人喜歡。

有誰會不喜歡幸福呢？

可是，幸福在哪裡？為什麼有人尋尋覓覓，卻總是見不到幸福的蹤影？難道它隱藏了起來，那麼，它又隱藏在何處呢？

每每在喜宴裡，我們總能看到一對新人的無限歡喜。也許是「執子之手，與子偕老」的允諾堅定，也許是「相伴一生」的美夢成真。在一團歡欣鼓舞裡，婚宴結束了，相信從此王子和公主過得幸福快樂的日子。

童話故事，都在這個時刻完結。

以後呢？是否一切都如預期？

恐怕未必。

幸運的，在歷經磨合之後，還能共同生活，一起面對風雨。不幸的，只怕雙方反目，彼此看不順眼，最後只好勞燕分飛，各奔前程了。

說來，雲淡風輕。身陷其中，只怕多的是血淚交迸、傷痕累累了。

那麼，到底幸福在哪裡呢？

其實，幸福在心裡。在生活的細微處，在相互的體諒和扶持中，在付出的愛，在寬闊的包容，在知足感恩。

我讀《詩經・鄭風・女曰雞鳴》，多麼讓人感動。

女曰雞鳴，士曰昧旦。
子興視夜，明星有爛。
將翱將翔，弋鳧與雁。

弋言加之，與子宜之，

宜言飲酒，與子偕老。
琴瑟在御，莫不靜好。

知子之來之，雜佩以贈之。
知子之順之，雜佩以問之。
知子之好之，雜佩以報之。

妻子說：「雄雞已啼叫，」丈夫說：「天還沒有亮。」「你起身看看夜空，啟明星亮在東方。」「我趕快去打獵，把野鴨大雁都射來。」

「你射來大雁和野鴨，我就烹調成佳肴，用這些美味來下酒，跟你白頭到老。有如彈琴鼓瑟，音調總是和美。」

「知道妳待我好，贈妳雜佩表心意。知道妳對我體貼，贈妳雜佩表相好。知道妳待我情意深，贈妳雜佩作回報。」

不過是尋常生活，卻能如此處處體諒，情深意厚，這般和諧，多麼讓人羨慕。

從一朵花裡，我們看到了天堂。那麼，在一飲一啄中，也可以有愛悅的歡喜，又何足為奇呢？

幸福，不就在那兒嗎？

我曾經讀過一個小故事：

有人告訴狗說：「幸福就在尾巴上。」於是，狗就拚命追逐著尾巴打轉，卻永遠都追不上。另一條狗卻說，「也有人跟我說同樣的話，於是我努力往前跑，卻發現，幸福就在身後，拚命追著我呢。」

請先把日子過好吧，有快樂的身心，歡喜過生活，又何愁沒有幸福的來到？

幸福，我喜歡，相信你也是。

相思深不深

你，可曾為相思所苦？

在所有的感情裡，恐怕只有父母對兒女的愛最為無私了。一心希望對方好，卻可以不要求回報。

其餘的呢？多半都需要雙向的交流和回饋。至於愛情，恐怕是最具有獨占性，也是殺傷力最強的了。在情人的眼中，更是無法容下一粒沙。尤其，那百轉千迴，只為了眷顧的眼神，真是纏綿而多情啊。

一日，黃昏時，我讀到唐．薛濤的〈錦江春望四首其一〉：

花開不同賞，花落不同悲。

欲問相思處，花開花落時。

你和我分隔兩地，每當花開滿枝，燦爛繁華時，我竟無法與你分享那一樹的芬芳和喜悅，而當花兒凋謝，零落一地時，也無法讓你明白我心中的哀戚。如果你問我，對你的情意有多深？相思有多濃？那就猶如園子裡每一朵含苞花開直到它的凋謝，都有我對你無盡的思念。

當我們真愛一個人時，心裡、眼中只有他，那麼，無處不相思。哪裡只在春天？

我常想，薛濤寫這首詩時，又是怎樣的心情呢？這樣的情意殷殷，心上的人兒到底是知或不知？如果知，何以回應？如果不知，又是怎樣的讓人心酸！

她出身官宦之家，聰慧而美麗，從小就能詩文，遠遠近近都知道薛家有一位才女。歷經安史之亂後，父親辭官，後來去世，薛濤和母親相依為命，生活十分艱苦。為了生計，當時年僅十六，竟淪入樂籍，憑恃著她的天生麗質，儼然是絕代佳人，因而風靡了成都。和當時的名士、詩人，多有往來。

官宦之後，又怎樣呢？聰穎嫵媚，又怎樣呢？淪落風塵的女子，縱使色藝雙全也難以高攀好人家。當情人遠去，也只好將思念寫在詩裡，藏放在心中了。

晚年的薛濤，深居簡出，以制箋維生，孤老以終。

當時唐人多好造十色小箋，薛濤居浣花溪畔時，曾別出心裁，以胭脂木浸泡搗拌成漿，加上雲母粉，滲入井水，製成粉紅色的紙張，紙張風乾後有松花紋路，頗有名氣。薛濤常以此題詩抒懷，倍增情趣。世謂「南華經、相如賦、班固文、馬遷史、薛濤箋、右軍帖、少陵詩、達摩畫、屈子離騷」，乃古今絕藝。這種自製彩箋，原本用來寫詩，也有人拿來寫信。至今仍受世人喜愛，成為廣泛流傳的藝林珍品。

以今天科技的進步，怎麼樣精緻的紙張都有；只是想到在那麼久遠的年代，一個心思玲瓏的女子，以自製美麗的紙張來寫詩，真足以發思古之幽情了。

歲月悠悠，千百年後，我對著她的詩，想及她舛錯的人生，仍然是心生不忍。

唐・薛濤（七六八～八三一）

【簡介】

字洪度，是位帶有傳奇色彩的女詩人。父親薛鄖在朝廷當官，從小就教她讀書寫詩。自小聰慧，八、九歲時就能作詩。因父親做官而來到蜀地，與當時名士元稹、張籍、白居易、劉禹錫等詩人有往來。父親早逝，當時薛濤年僅十四歲，與母親生活陷入困境，而精通音律又工於詩賦，為了生活在十六歲加入樂籍，成了一名樂妓。

相傳薛濤容貌美麗，德宗貞元年間劍南西川節度使韋皋十分喜愛她，上表朝廷欲授予她「校書」職，雖未被准奏，但「薛校書」之名不脛而走。與詩人元稹曾有過一段情，然無果而終。晚年深居簡出，以制箋為生，孤獨終老。

【文學評價】

詩作以清麗見長，與劉采春、魚玄機、李治，並稱「唐朝四大女詩人」。《全唐詩》錄存其詩一卷。

在不知道的角落裡

一天夜裡，我突然想起一個久別的朋友。

真的夠久了，自從他辭世以來，都有二十多年了。

他是好朋友的丈夫，也是我創作路途上的良師益友。

寫作太艱難，堅持尤其不易。如果沒有相互的鼓勵，我不以為，我會有足夠的勇氣支撐前行，讓寫作成為一個永遠追求的理想。

他在大學教書，是個顧家的好男人，也把我們這群妻子的好姊妹視為好朋友。我們去他家玩，大教授從來不曾高擺姿態，嫌棄我們言語乏味。總是親切的以禮相待，和我們平起平坐，更讓我們可以毫無拘束、放言高論……

那時候，我還在南部教書，得空北返探望父母，也常跟他們打個電話。如果是好朋友來接，我們就閒話家常，談些彼此相熟的人事物。如果是他來聽，我們就談寫作，目前寫的或者未來的計畫，也交換一些對文壇的意見和感想。我後來才知道，放下電話後，他必然把電話內容一一告知妻子。真是一個坦蕩磊落的謙謙君子啊！讓人歡喜讚歎。

認識他時，我剛出兩本書，書雖編製美麗，不久出版社竟然無預警的關門。我依然持續寫作，卻不知該到哪家出書？自己覺得不急，也就暫且擱下。三年以後，我在「文經社」出書，備受矚目。固然是出版社善待了我的書，也因為有一篇小文章由國立編譯館編入國中國文課本，往後出書就很順遂了。

後來，他跟我說，他跟文經社的吳先生相熟，他在早些年就曾經推薦過我的文稿，然而因出版社另有考量而作罷。他很高興的說：「太好了，他們還是出了妳的書。」我非常感謝，雖然當年出書的事沒有成，可是他對朋友的提攜愛護，多麼讓人感動。這個世界上，有太多的人只關心一己的利益，對其他人很冷漠的。難得有這麼一個愛朋友的人。

他的生活儉樸，不重物欲，閒暇時喜歡釣魚。每天騎著單車到學校教課。有一天竟然出了車禍，被一個無照駕駛的女子開車撞傷送醫。妻子趕來時，他跟妻子說：「算是我的運氣不好。」沒有怨懟，一至於此，卻終告不治。年僅五十二。

知道他病危的消息，我人在美國探親。心中有多麼的懸念，然而，他終究撒手，放下了塵俗的一切。

療傷止痛需要時間，好朋友也因為人緣好，得到很多溫暖的扶持而走過了困厄。我也相信，他在天上，必然庇祐了他所深愛的妻兒。

雲天渺渺，一轉眼，他已經走了二十多年了。

在天上的他，還釣魚嗎？

清·施閏章的〈燕子磯〉一詩裡，會不會也有屬於他的心情呢？

絕壁寒雲外，孤亭落照間。
六朝流水急，終古白鷗閒。
樹暗江城雨，天清吳楚山。

磯頭誰把釣？向夕未知還。

有懸崖峭壁矗立在秋雲之外，此時孤亭也籠罩在夕陽的餘暉之中。六朝的興衰如夢，唯有長江依舊湍急，千古終究蒼涼，只見白鷗依然悠閒。秋雨淒迷使得南京城的樹木一片晦暗，也使得吳楚的山色蒼翠，天更青藍了。磯頭有誰在持竿垂釣呢？即使太陽快要下山了，竟然還不知道回家。

釣魚的快樂，恐怕也不是外人所能領會的吧。

如今，他在一個我們不知道的角落裡，俯瞰塵世中的我們奔忙不休，他可知曉，我們對他深深的想念？

清・施閏章（一六一九～一六八三）

【簡介】

字尚白，一字屺雲，號愚山，又號蠖齋，晚號矩齋。宣城（今安徽省宣城市）人，順治六年進士，授刑部主事。著有《學餘堂文集》、《試院冰淵》等。

【文學評價】

其詩以辭清句麗見長，時號「宣城體」，與高詠唱和，又與嚴沆、丁澎等合稱「燕臺七子」。清王士禛將他和宋琬合稱「南施北宋」，認為其詩「溫柔敦厚，一唱三嘆，有風人之旨」。張裕釗在《國朝三家詩鈔》中，將其和鄭珍、姚鼐並列為清代三大詩人。趙翼《甌北詩話》譏諷他「以儒雅自命，稍嫌腐氣」。

想起

想起許多前塵往事，都已如雲煙。

也想起了她，心中依然有著深深的惦記。

她已經辭世，我們都不知道。都過了好些年了，她的大學同學們要舉辦同學會，電話打到她家，才聽她的家人說起。這事，我們在輾轉得知以後，心裡也是難過的。

還記得，大學剛畢業時，我到偏遠的南部鄉下教書，我們曾經是同事，大家都好年輕，一起工作，也一起遊玩，青春是永遠美麗的詩篇。

她溫和而靦腆，人也安靜。學的是會計，所以她教數學。

後來她結婚了，懷孕了，幾年以後調職。丈夫也是個隨和的人，就在他們居住的鎮上開了一家賣五金雜貨的小店，生意普通。他們有兩個孩子，養家，靠的還是她的薪水。

我想，她是有經濟壓力的。

當初，他們交往時，娘家父母頗有意見，也許是怕她吃苦吧。她卻說：「將來是好是壞，我都認了。」那樣的堅決果斷，傾心相許，會不會就像西漢樂府的〈上邪〉一詩：

上邪！我欲與君相知，長命無絕衰。
山無陵，江水為竭，冬雷震震，夏雨雪，天地合，乃敢與君絕！

上天啊，我發誓要跟你長相知，永生永世不分離。除非山平了頂，長江水枯竭，冬天打雷，夏天下大雪，天地相合一起，我才跟你分開。

這樣的直言無隱，一派率真，千百年來依舊讓人感動⋯⋯

既然她心有所屬，娘家父母因此不好阻撓，便也歡歡喜喜的替她辦了婚事。

婚後有好一段日子，經濟上比較拮据，一如事前父母的預料，也幸好夫妻感情深摯，日子還是可以過的。只是孩子要上學、要補習、要栽培，處處都需要用錢，她也儉樸，終究是應付了過來。

後來，我也搬離純樸的小鎮，回到臺北教書。我們不常聯絡，一方面是距離遠，一方面也由於所學的領域不同，交集因此不多。只聽說，她還是美麗的，我想她的個性好，親切隨和，多麼讓人喜歡。

可是，她大去的消息，怎麼沒有讓我們知道呢？是因為她覺得，畢竟不是個好消息，也就不必提起了？

我還是想念她的。這麼一個溫婉的女子，可嘆天不假年，令人哀傷惋惜。然而今生緣會，曾經同遊同憩，伴隨著青春的年月，那樣的情誼，多麼讓人懷念。

堅持的背後

她小五時，母親因病辭世。喪禮結束以後，她很快的回歸正常的生活，照常上學，彷彿一切仍在軌道之上，並沒有不同。

她從小安靜，不太說話，上頭都是哥哥，她是唯一的么妹，沒有姊姊。如果有個姊姊，一起說說心事，互相安慰和鼓勵，應該會好很多吧？

可惜，如果，只是一個假設性的議題，不會成真。

學校裡頑皮的小男生，老是嘲笑她是一個沒有母親的孩子。她很難過，卻不知該如何反擊和伸張正義。甚至，也不知道可以到老師面前去告狀。

一切都是隱忍。

可是，她的心是受傷的。她告訴自己：將來長大了，有一天她成了母親，一定要讓兒女在父母雙全的環境中長大。

果然，長大以後的她結婚了，有了一雙兒女。

人生太長，有許多事情是無法預料的，丈夫曾經外遇，甚至要求離婚，她不肯簽字，丈夫搬出去和外遇的女子同居，她還是不肯同意離婚。

是的，她要讓自己的兒女可以父母雙全，即使只是名義上的。童年時，小朋友對她的嘲笑，一直在她的心頭隱隱作痛。

她的堅持是對的嗎？她並不知道。

年輕時候的她，曾經讀過宋．王令〈晚春〉一詩：

三月殘花落更開，小檐日日燕飛來。

子規夜半猶啼血，不信東風喚不回。

暮春三月，花落了仍會再開，儘管屋簷低矮，每天燕子依舊飛回。子歸鳥在半夜不停的鳴叫，甚至因此啼出血來，我想春天還沒有逝去，即使春將歸去，我相信還是能夠喚得回來。

春將晚，讓人留戀，又何止是花和鳥對春日依依不捨呢？杜鵑的聲聲啼血，也讓暮春的一切染上了哀傷的顏彩。與其留戀春天，何不珍惜春天呢？

如果花謝花還會再開，那麼，春天仍然是可以召喚回來的。

果然，很久很久以後，那個外遇的女子確定結合無望而離去，丈夫搬回來，家又重新恢復到從前的圓滿。

她多年的堅持，終於有了一個還算不錯的結局。她以為，一切都有上天成全的美意。

由於外遇的女子沒有生育，也讓事情的處理相形之下變得簡單，然而，丈夫願意迷途知返，才是真正的關鍵。

為此，她很感恩。

宋・王令（一〇三二～一〇五九）

【簡介】

初字鍾美，後改字逢原，原籍元城（今屬河北大名縣），長於廣陵（今江蘇揚州市），故以廣陵人自居。幼年父母雙亡，由叔父王乙養育。長大後在天長、高郵等地以教學為生。宋仁宗至和元年與王安石友好，王安石將之譽為「可以任世之重而有功於天下」，以妻妹許之。可惜才高命短，得年二十八。著有《廣陵先生文集》、《十七史蒙求》。

【文學評價】

南宋詞人劉克莊《後村詩話・前集》說其詩「骨氣老蒼，識度高遠」。錢鍾書稱他「宋代裡氣概最闊大的詩人」。

看見幸福

你看見自己手中的幸福嗎？你感恩嗎？

聽說，朋友在無意間去做了一次全身身體檢查，報告出來，她的肺部有問題，追查之下，發現她得了肺腺癌，然後是住院開刀和後續即將展開的一連串化療。

知道她已經出院了，情形都還不錯，也是因為發現得早。

我打電話到高雄給她，不想接電話的是她的丈夫，當然我們也相熟。

她的丈夫在電話裡哭了起來，狀似擔心。

我很感動嗎？沒有。

我簡直要懷疑那懺悔的淚水不過是演戲。真心悔過了？恐怕只是眼前吧。

如果不是他花心，如果不是他桃花不斷，如果不是他緋聞滿天飛，鬧得人盡皆知。每回留下的爛攤子，還得由妻子出面為他善後，花錢事小，傷心事大。長此以往，妻子壞了身子，也並不讓人意外。

好了，丈夫現在哭了，是因為自覺愧對賢妻？此後就會痛改前非嗎？只怕也是渺茫。

朋友來接電話了，感覺平靜，或許虔誠的宗教信仰給了她力量，有神可以信靠，尤其是在罹患重症的時刻，的確足以安定人心。

到底，她是怎麼來看待自己的婚姻？

明．謝榛的〈古意〉詩裡，這麼寫著：

青山無大小，總隔郎行路。
遠近生寒雲，愁恨不知數。

重重疊疊的青山，無論或大或小，都阻絕了郎君行走的道路。山的四周遠遠近近生出寒雲，一如我心中的愁恨不知其數。

登高可以望遠，然而，懷人的愁緒如何能解？越是情真意切，對方是懂還是不懂呢？

她是我很敬重的朋友。待人和善，可惜遇人不淑，那是她生命裡的荊棘，跨越，多麼需要勇氣和智慧。

在我眼裡，花心也是一種病，丈夫的外遇不斷，很難根除，對妻子和兒女的傷害，無可言喻。

可是，已經嫁給這樣的丈夫了，又有了兒女，還能怎麼樣呢？為了給兒女一個完整的家，她凡事隱忍，幸好在神的愛裡得到了很大的安慰。

有一天，我在書上看到一句話，頗有深意：「人生的痛苦，一部分在於自己的缺憾，一部分在於看不慣別人。修行，就是藉完善自己增加幸福；藉寬容別人淡化痛苦。」

完善自己，何其不易！寬容別人，更是難上加難！所以，這都是修行的功課。

她也一直表現得很好，婉約持重，讓人尊敬。

只是，我心生不捨。這麼好的女子，為什麼沒有匹配的良緣呢？

我也真心希望他的丈夫洗心革面，從此回歸家庭，陪伴妻子走艱難的抗癌路。有道是：夫妻同心，其利斷金。不是嗎？

「執子之手，與子偕老」，這是上天給予最大的祝福。尤其在面臨人生黃昏的此刻，意義更是非比尋常。

也唯有珍惜自己手中的幸福，幸福才能久留。如果不愛惜，幸福也會消失不見的。

你看見屬於自己的幸福嗎？請千萬珍惜，因為它也可能稍縱即逝。

明・謝榛（一四九九～一五七九）

【簡介】

字茂秦，號四溟山人、脫屣山人，山東臨清人。明嘉靖年間，與李攀龍、王世貞等結詩社，為「後七子」之一，倡導為詩摹擬盛唐，後為李攀龍排斥，削名「七子」之外，以布衣詩人客遊諸藩王間。著有《四溟集》、《四溟詩話》。

【文學評價】

他提倡摹擬盛唐，認為「選李杜十四家之最者，熟讀之以奪神氣，歌詠之以求聲調，玩味之以裒精華」。由於長期轉徙於公卿、藩王之間，所以其詩常抒發他飄遊的淒苦，塞外風光也出於筆端。他擅長近體，五律更優，功力深厚。

紅塵滋味

終於和玫瑰聯絡上了。原來，她回來探親，目前正停留國內。

茉莉和我很快的敲定時間，一起約玫瑰吃飯。當年讀中學時，我們曾經是無所不談的好姊妹。大學時，三個人讀了不同的學校，還好都在大臺北，寒暑假或生日時都還見面。畢業以後，玫瑰很快的嫁給了她的學長，出國深造去了。我到國中教書，茉莉則進貿易公司當總經裡的祕書。

玫瑰漸行漸遠漸無書。幾乎和我們失了聯絡，一別三十多年。

三十多年的時光，彈指即過，歲月竟然如此匆匆。

茉莉後來結婚了，和丈夫一起打拚，有自己的公司，剛起步，穩紮穩打，從不好高騖遠。規模不大，小而美，也沒有什麼不好。茉莉生了兩個兒子以後，就在家裡照顧小孩，伺候婆婆。孩子小時也很麻煩，老大是個氣喘兒，動不動氣喘發作，就得立刻送醫急診。幾度驚魂，眼看險些不保，茉莉的淚不知流了多少。總之，很是讓她費心。幸好婆婆明理，有時也幫忙照料，勉強算是分身有術。老二的身體好多了，幸虧這樣，要不，只怕是她會先倒了下來。還好老大漸漸長大，情形緩和，後來居然好了。說是「小兒氣喘」，在臺灣這樣的案例很多。茉莉總算放下心頭的重擔。

茉莉來自小康家庭，父親是小學老師，母親很溫婉。她在愛裡長大，個性也溫和而且充滿暖意，是個體貼的人，我很喜歡這個老朋友。

相形之下，玫瑰就大不同。玫瑰家裡有錢，可是爸爸外遇，媽媽在牌桌上下不來。也或許是發洩怒氣吧，打牌也是消遣，更可以轉移她的注意力，暫時忘記丈夫的不忠。只是，這樣一來，玫瑰就很可憐了，有家卻跟沒家一樣。豪宅空空蕩蕩的，一點人氣也沒有。她寧可待在我們家，也在我們家吃飯和寫功課。我們家都很歡迎她，爸爸只是個公務員，以微薄的薪水養活一家人。

玫瑰提早進入婚姻，也是替自己找到一個歸宿。

只是去國離鄉那麼久，而且音訊全無，多麼讓人記掛。茉莉卻說：「我願意相信，沒有消息，就是好消息。」

我和茉莉先後抵達餐廳，然後，我們就說個不休，因為平日我們各忙各的，相聚也不是那麼容易呢。玫瑰走到我們身邊時，我們簡直不敢相信，她的身材都沒變，只是瘦很多，臉上的皺紋更多，看起來就像一朵失水的花，即將萎謝。

我們看著她，什麼話也說不出來。

「怎麼？不認識了嗎？」她笑了起來，在我眼裡，那笑容卻比哭還難看。

原來，她去美國讀書，只讀了一年，發現所有的存款只夠一個人勉強讀博士學位，另外一個必須去打工。於是她放棄繼續攻讀，而成全了丈夫。她到超市去當收銀員。辛苦了好幾年，還生了一個女兒，丈夫學成，眼看著就要時來運轉了。有一天，丈夫竟然告訴她，他要離婚，因為兩人個性不合。

茉莉聽了很氣：「哪有這樣片面認定的？簡直是現代陳世美！」

「可是，情勢比人強，我自己也不是那種會哭鬧的人。還好本來就有一份工作，繼續就是了。老闆還不錯，又讓我另外兼個週末的差。可是我想寧可重回學校讀書，拿個碩士學位。後來證明我的做法是對的，有了被認可的學歷，才能有比較好的工作，薪資也跟著水漲船高。」聽起來，她的生活不容易，還有個女兒需要拉拔和栽培。

茉莉不捨的說：「其實，妳那時候應該回臺灣，至少不會那麼累。」

「我沒有臉回來，而且，娘家也未必能成為我的支柱。」她接著說：「現在女兒都快研究所畢業了，功課好，人緣也好，我也習慣了美國的生活，回來看看妳們就很開心了。」

看來她真的吃了很多的苦。不過，能苦盡甘來，也是上天的美意成全。

我們三個人裡，茉莉擁有幸福的家，她是快樂的。玫瑰在現實生活裡多有學習，人也顯得圓融，目前她和女兒相依為命，看來貼心的女兒是她的驕傲和安慰。至於我，我沒有進入婚姻，只是把學生都當成了兒女看待，我沒有孩子，卻有許多來自他們的敬愛。

一轉眼，我們早已年過半百，人生的黃昏倏忽來到了眼前。

想起唐．杜牧有一首這樣的七絕〈汴河阻凍〉：

千里長河初凍時，玉珂瑤珮響參差。
浮生恰似冰底水，日夜東流人不知。

千里的汴河剛開始凍結時，我的行程也因此受到了阻礙，我騎著馬到了河邊竟發現無法引渡，那馬勒上玉珂，衣帶旁的瑤珮，在朔風中發出洞簫般的音響。唉，浮生無常，就像那冰河下面的流水，日夜不停的向東流去，然而，人們卻絲毫無所警覺。

時光飛逝，讓人驚心。然而太多的人卻是習焉不察，以為永遠有大把的歲月可供自己支使。等到有一天發現人生的盡頭已然在望，韶光遠去，到那時，又何止是後悔和惆悵呢？

此刻，我們都已鬢髮飛霜。

如果你問我：「紅塵的滋味如何？」

我只是微笑，不說話。

卷四——

夕陽無限好，只是近黃昏

她的母親

世上的母親，也一樣有百百種。

母親也是人，也有一己的愛憎，她想，或許也不宜太過苛求。

她覺得，在所有的手足中，自己特別不得母親的緣，或許，其間也有累世的因緣吧。否則，又該如何解釋呢？

按理說，她是父母的第一個孩子，又是女兒，多半和母親很親，為什麼她卻不是這樣？

還記得，她剛教書時，每個月都把薪水給母親，至於代課的鐘點費，則是每學期期末時結算一次。

那次，她拿了不少鐘點費，有將近萬元之多。四十多年前的事了，那時她的月薪也不過兩千多。

她想，這麼多錢，真該好好計畫一下。

母親卻帶她上委託行，三兩下，全都花光了。

怎麼會這樣？那麼，每個月的薪水呢？恐怕母親也都花光了吧！長此以往，若把錢都交給母親打理，只怕分毫不剩。新學期開始時，有同事來約她上會，徵得母親的同意，從此她不再把錢給母親，而是自己管理。

會不會就是這樣得罪了母親呢？她一無所知；可是她也因此保住了自己的薪資所得。

母親很會花錢，也把錢都用在自己的身上，買衣買包買鞋，在父親退休以後，終於成了問題。因為退休金有限，還要養老，母親再也無法隨心所欲的購物，脾氣也越來越壞。

十多年以後，父親過世了，單身的她和母親共同生活，當然所有的生活費用由她來支付。母親從來不曾給她好臉色，說話尖酸刻薄，頤指氣使。她的日子越來越難過。

是因為母親不再當家作主，大權旁落，讓她不開心嗎？生活裡，瑣瑣碎碎的事所造成大大小小的摩擦，也不宜跟外人提起，外人恐怕也不會相信吧。

她曾讀過唐．孟郊的〈遊子吟〉：

慈母手中線，遊子身上衣；
臨行密密縫，意恐遲遲歸。
誰言寸草心，報得三春暉？

慈母手持著針線，縫出了遊子身上所穿的衣裳。當兒子就要出遠門的時候，母親更是一針一線細細密密的縫著，心裡更記掛著他不能早日回來。這樣對照看來，有誰敢說兒子那細微的像寸草一般的心，能報答得了慈母如同春陽的一片深恩呢？

母親對兒女的照顧總是無微不至，也彰顯了母愛的偉大。只是，她真的不明白，為什麼她的母親完全不是這樣待她？

或許是不同的因緣，她和母親的相處，竟成了今生最需要學習的功課。

唐・孟郊（七五一～八一四）

【簡介】

字東野，湖州武康（今浙江德清）人，孟浩然孫。現存詩歌五百多首，以短篇的五言古詩最多。

孟郊一生在艱苦中成長，堅持操守，耿介不阿，以耕讀自勵。

【文學評價】

他和賈島都以苦吟著稱，又多苦語，蘇軾稱之「郊寒島瘦」，後來論者便以孟郊、賈島並稱為苦吟詩人代表，元好問甚至嘲笑他是「詩囚」。

流不盡的菩薩泉

母親的眼淚有如菩薩流泉，滴滴都是愛。

張媽媽高齡九十。身子硬朗，人慈祥，真是兒女的福氣。

沒想到，就在人生的暮年，她目睹了女兒癌末的辛苦掙扎，終究不敵而大去。為此，張媽媽萬分不忍，心情也大受影響。

「我真的不該活這麼久的。還是妳的母親有福氣，不像我，這樣的傷心。」張媽媽跟我這麼說。

「可是，張媽媽，我媽走得早，也沒能看到她最疼愛的么兒子生了龍鳳胎呢。」我相信媽媽走時，心中也是記掛的吧。

母親的愛太多，對兒女的牽縈於心，也讓她時時擔心受怕，為兒女流的淚也就多了。

想起前些天，我在樓梯間遇見鄰居媽媽，她最近有喪女之痛。我真不知道該怎麼安慰她？常常說著說著，她就悲從中來，不停的流著眼淚，彷彿怎麼抹都抹不完。

唉，面對女兒的猝死，好似做了一場惡夢，如果那只是惡夢就好了。好端端的女兒突然就不見了，叫她如何能接受呢？何況還留下了三個稚齡的外孫，以後的日子該如何走下去呢？

從來身體健康的女兒怎麼說走就走了呢？嫁的還是醫生。只是在週末的晚上覺得不舒服，後來就昏迷了，送到醫院以後，入加護病房，發出病危通知，三天以後去世，診斷書上寫的是肺炎。

「想到她快快的走，沒有受到太大的痛苦，還是好的……」我想人生的這一遭，有多少不忍卒說的苦楚，死是絕滅，從此魂魄已遠，她在天上，或許是優遊自在的吧。

鄰居媽媽的眼淚，滴滴都是愛。

想當初得女時的無限歡喜，或也如同清．張問陶的〈二月五日生女〉：

自笑中年得子遲，顛狂先賦弄璋詩。
那知繡榻香三日，又捧瑤林玉一枝。
事到有緣皆有味，天教無憾轉無奇。
女郎身是何人現？要我重翻絕妙詞。

自我取笑，人到中年才得子，實在太遲了。狂喜之餘，先吟「乃生男子」的古詩。哪知繡榻香氣熏了三天之後，又捧上瑤林仙境的美玉一枝。事情逢到有緣，都是有情味的，如果天教人無憾反而不稀奇了。女兒的前身是由誰來轉世的呢？但願來日，我可要讀她寫的絕妙好詩章。

這首詩充滿了情味，對出生女兒有著殷殷期許，竟然相信她會是才女來轉世重現。

襁抱提攜，愛護備至，女兒長大了、結婚了，然而，人生虛幻，所有的情愛也可能只是一場空……

想來，人生是苦，生離死別尤其苦。然而，人生也是有趣的，像掀開的底牌，不到最後關鍵的時刻，是不會讓你知道答案的。

唉，悲欣交集的，正是人生的況味。

清・張問陶（一七六四～一八一四）

【簡介】

字仲治，號船山，四川遂寧（今蓬溪縣）人。因善畫猿，亦自號「蜀山老猿」。生於官宦世家。乾隆五十五年進士，官至山東萊州府知府。著有《船山詩草》。

【文學評價】

與袁枚、趙翼合稱清代「性靈派三大家」，強調性情要真，筆性要靈。與彭端淑、李調元合稱「清代蜀中三才子」。清人評論其詩「生氣湧出，沉鬱空靈，於以前諸名家外又辟一境」，譽為「青蓮再世」、「少陵復出」。袁枚稱其為清代「蜀中詩人之冠」。

愜意的閒暇

從承天禪寺出來，已經是臨近中餐時間了，我們決定到天籟園用餐。我們，指的是祥隆、雅玲、姿芳和我。

已經有兩年不見了，雅玲的美麗不減，祥隆看來也神采奕奕，多麼讓人高興。他們也說，我比兩年前精神好多了。唉，那個時候，我連續骨傷，心情很沮喪，現在早已痊癒，加以天天晨泳，不論陰晴風雨，果然有益身心。

天籟園在新北市土城的承天路，是個庭園餐廳。號稱有咖啡、美食、下午茶和香草花園。餐點精緻，擺盤尤其漂亮。環境清幽，透過窗戶，我們看到了青碧如茵的庭園裡，有花木扶疏。現在的人講究休閒好去處，餐廳所坐落的景點也越來越被重視了。

徐姓店長還養了一頭巴布狗，黑色，乖巧而可愛，果然搶盡鋒頭。店長愛狗成痴，滿口狗經，樂此而不疲，讓人莞爾。

後來我們才知道祥隆也愛狗，不只養狗，還曾經投身訓練狗的工作，說起狗的習性如數家珍。我想若有真愛，那眉飛色舞的神情是怎麼都掩藏不住的。

莫拉克颱風來襲的前夕，天氣並不穩定，有時聽到雨聲叮咚，有如大珠小珠落玉盤，玻璃窗已經模糊一片，外頭的景物如夢似幻，這裡可是我心中的桃源？

友朋相聚，也是歡喜事。

陶淵明有一首經常被引用的詩，也是我喜歡的。那是〈雜詩十二首其一〉：

人生無根蒂，飄如陌上塵。
分散逐風轉，此已非常身。
落地為兄弟，何必骨肉親！
得歡當作樂，斗酒聚比鄰。

盛年不重來，一日難再晨。
及時當勉勵，歲月不待人。

人生在世，就像無根的植物，飄忽不定。各自分離，隨風飄蕩，身體已經不再是當初年輕時候的模樣了。四海之內都是兄弟，何必一定要有血緣關係呢！能歡樂時就要好好的珍惜把握，拿著酒招來鄰居們一起共飲享受。盛壯之年不會重返，就像一日再也難以回到清晨。正當青春更要及時努力相互勉勵，時光匆匆如流水般的逝去，是不會等待我們的。

這是一種人生的觀照，不也對我們許多啟發？……

我們在安靜的天籟園裡說話，姿芳慈悲，雅玲有智慧，祥隆則務實而堅毅，他們都是我人生路途上的老師，有太多的地方值得我學習。

愜意的閒暇，在天籟園，會不會也是上天恩賜的禮物呢？

平淡裡的滋味

平淡裡也會有好滋味，那是另一種雋永。

想起年輕時候「非美食不歡」，真要啞然失笑。每天總是在想方設法，四處打聽哪兒有新開的餐廳？佳餚何處尋？為了一餐飯，再遠也去得。舟車勞頓算什麼！我的好朋友還發願要吃遍海內外的美食呢。

好大的興頭！每天跑來跑去，就為了填那個胃，奇怪的是它像個無底洞，老是飢渴，難以饜足。彼時，年富力強，從不以奔波為苦，反而樂在其中。民以食為天，何況，中華美食世界第一。

於是，也成了餐點情報站，在我，能分享，也是快樂事。

曾幾何時，我對美食的興趣越來越淡了。朋友們邀約吃飯，我竟然說：「找個交通方便的館子就好，重點在說，不在吃。」和往日相較，簡直不可同日而語。

有時候在家，下廚，煎個蛋，燙盤青菜，也可以打發一餐。讓身體不覺得有負擔，也是一種好。

日子是越過越樸素了，我也喜歡這樣。那心境，也彷彿有幾分近似唐．王維的〈贈韋穆十八〉：

與君青眼客，共有白雲心。
不向東山去，日令春草深。

我和你這個知心朋友都有隱居避世的心。此刻還不往隱居的地方去，每天都讓那裡的春草越長越深。

我倒覺得：俗世擾人，若心有丘壑，也未必一定要隱逸山林。名利固然是枷鎖，縱使隱居，就一定能逃離所有的煩惱嗎？

我曾經到尼泊爾自助旅行，遠離了塵囂，接觸的是大自然的山水，另有一種清幽美麗，彷彿那是來自心靈的召喚。在反璞歸真裡，有一種怡然自在。

當生活裡不再有繁複，只求簡單，更讓人覺得輕鬆。

於是，我也選擇簡單過日子。

安步可以當車，且行且走，看天看雲，也看沿途的樹木花草，自有餘樂。

布衣粗食，也讓生活過得更為精簡。

不再需要太多外在的索求，轉而為冀望精神的富足。我常讀書，面對著陽臺景致，聽鳥鳴啁啾，真是賞心悅目，開心無比。

書裡，另有一個寬闊的天地，提供的是無限的想像，曲折離奇的故事，堅毅不拔的典範，我歌我哭，心靈卻已經受到了洗滌，還我原本清明的面目。闔起書，我知道：自己可以更堅定勇敢的面對人生的苦難，不再逃躲。

儘管生活平淡，精神卻是豐美的，我可以俯仰無愧，更可以快樂做自己。

平淡滋味長，我很喜歡。

月下同行

讀大學時，學校在高高的山上，夜晚時，星月離我們很近，清晰而明亮，彷彿一舉手就可摘得。

那時很年輕，也知道大學是人生的黃金年代，輕忽不得，浪擲不得。不太敢睡覺，就怕醒來時，物換星移，人事全非。

不睡覺，做什麼呢？約二三好友，在月下散步，細數心事，也前瞻未來。依舊是在父母的羽翼之下，又沒有什麼坎坷的經歷可賺人熱淚的，獨自展翅飛翔的時刻還未到來，風雨仍在遙遠的他方。我們知道自己的幸福嗎？其實仍然是懵懂的。

我們在山徑上閒閒的走著，邀月同行，今天想來，彼此說的，也不過是青春的囈語吧？

夏天的華岡，眼前多的是層巒疊翠，陽明山公園就在近處，好似我們校園的延伸。夏天的遊客多，摩肩接踵，人滿為患，尤其喧鬧處處，更是讓人消受不了。或許，遊客們是把這兒當作避暑之處吧，而我們總是夜晚才去，寧靜的氛圍增添了許多。看天上的星星，聽水聲潺潺，月亮看多了世間的離合悲歡，對我們天真的話語，那樣的不知天高地厚，大概覺得很有趣。

尤其，是在臨畢業的那個夏天，大家忙著畢業考，分手在即，心中不免依依。班上有幾個男生，在校際徵文比賽中紛紛得獎，還是很高的名次呢！他們送西瓜到女生宿舍來給我們吃，還附有美好的詩句與祝福。我記得那個夏天，雖然沒有臺北市區的暑氣蒸騰，山上的中午卻也是熱的，考完試，男生邀我們去聊天，去散步。此地一為別，孤蓬萬里征。再相逢，不知何種景況？

剛上大學時，我們班的男生和女生交集不多，各有各的想法，相遇時，以禮相待罷了。奇怪的是，往後的感情卻一年比一年好。最好的，也許就在大四，驪歌就要輕唱了，心中卻有著幾分的不捨和濃濃的珍惜之情。

那即將來到的別離，會不會也像唐．王維的〈別輞川別業〉呢？

依遲動車馬，惆悵出松蘿。
忍別青山去，其如綠水何！

我依依不捨的讓車馬啟程，滿懷傷感的離開了輞川山林。縱使忍心別離青山而去，同綠水也難捨難分啊。

那樣的心情，在一步一回首中，有多少無法言宣的深情！

我們坐在草地上看星星，心想：以後還有誰會陪我看星星呢？那又是怎樣的情懷？

我們在月光下走著，越走，心情越是沉重。月亮會記得我們此刻青春的容顏嗎？

其實，它記得的。

當我們如蒲公英的種子隨風四散，卻也在各處生根茁長。月亮仍在天上看著我們，我們歌我們哭，我們得意我們失志，它默默的撫慰了我們，在安靜裡給了我們力量。

當我們走到中年，臨近人生的黃昏了，因著思念，我們不斷的召開同學會，在大度山，在府城，在陽明山，在溪頭，我們相偕在月下同行，和當年相較，容顏雖或有不同，祝福和歡喜的心仍然一樣。我們終究明白，當年華岡的初相遇，注定了我們成為今生的異姓手足。

上天何其疼愛我們。

迷濛煙雨

過往的歲月，就像這一片迷濛的煙雨，老是讓人看不真切。怎麼會這樣呢？多麼令人感到焦灼。

好朋友開同學會去了，回來後，跟我說，「大家決議：以後，年年都要召開。因為，都已經走到中年以後了，能見一回是一回。」

話裡，有著很深的眷戀之情。

她說：「也有提出異議的。說，每年都召開同學會，太過於頻繁，並沒有必要。」

這是見仁見智的問題。有的人熱情，有的人冷淡，原本就是這樣。

我的大學同學裡也走掉了不少人，有人不捨的說：「像這樣的折舊率，也未免太高了吧？」有各種因素而離去，病苦是大宗。顯然我們都不年輕了。

年少的時候，手中握有大把的歲月，可以任意揮霍。今天的事推到明天，明天還有明天，我們可一點都不急。我們說：「慢慢來，不必那麼焦慮吧？」

曾幾何時，每件事都要快快的做，「就怕來不及」，居然成了口頭禪。當然，工作的成效一流，人生的成績也不俗。

哪知才只一會兒，竟然驚覺到：手中的歲月早已無多。

再也沒有傷春悲秋的本錢了，所有的時光都必須善加利用。因為「時不我予」。果然，孜孜矻矻，回報的是驚喜。多了經驗，也長了智慧。早非當年的「吳下阿蒙」了。

只是，有時候在一張泛黃的照片中凝思，在一首昔日熟稔的歌曲裡駐足，有多少前塵往事都上了心頭。青春遠逝，什麼都留不住了，或許，留下的只是對往日的追憶。一份美的懷想，也是值得珍惜的吧。

更該珍惜的，是在當下。眼前的人事物，都要好好把握。世間沒有永恆，過往，就像煙雨般的迷濛。

就像我在《樂府詩選》裡讀到的〈長歌行〉：

青青園中葵，朝露待日晞。
陽春布德澤，萬物生光輝。
常恐秋節至，焜黃華葉衰。
百川東到海，何時復西歸？
少壯不努力，老大徒傷悲。

園中的葵菜一片青翠，朝露正等著陽光來曬乾。溫暖的春天為大地遍施恩澤，萬物欣欣向榮。常恐蕭瑟的秋日一到，花葉跟著飄零。百川奔騰東流入大海，什麼時候還能再度西回？唉，年少力壯不去發憤努力，老了只能徒然嘆息更傷悲。

人的一生從青春到老邁，也只在轉眼之間。年華似水，卻也一去不返。年華老大卻無成，終究是要後悔的。

以前，我以為歲月的長河浩浩湯湯，不見邊際。如今，驀然驚覺餘下的日子已經有限了。還是應該努力的，努力播灑所有的美善，更要讓愛和溫馨成為世間亮麗的燈火，引領前行，無所畏怯。

盡是思念

人生既有相聚相守的機緣，也就免不了有別離的一刻。別離後，盡是思念。

別離，總讓人黯然銷魂。有些別離，還能期待重逢的時刻；有些別離，竟是天人永隔，教我們情何以堪？

多少的流淚不捨，在別離時，我們難掩心緒的落寞。生離死別，都是人生的痛。

有一天，我讀到清．王士禛所寫的一首〈寄陳伯璣金陵〉詩：

東風作意吹楊柳，綠到蕪城第幾橋？

欲折一枝寄相憶，隔江殘笛雨瀟瀟。

春風刻意的吹拂著楊柳，不知楊柳已經緣到揚州的第幾橋了？正想要折下一枝楊柳，一併寄去我內心的思念之情，隔著江，在一片紛飛的小雨中，彷彿傳來他殘笛幽幽的聲音。

詩極好，意境清幽而韻味深長，寫春風中的楊柳，也藉此憶起遠方的朋友，以及對他的深深思念……

年少的時候，我們在父母的疼愛之下，未解世事憂煩，和別離的距離，恐怕是太遠了。

能夠不知世間的傷悲，也是一種讓人羨慕的幸福吧。

當父母逐漸老去，誰也無法阻止凋零時刻的到來，我終於在幾年之間，相繼失去了父母，心中的大慟，更與何人說？好朋友則喪偶失女，淚已盡，長夜睜著不寐的眼，險險就要瘋掉……紅塵是苦，可是誰又能免去這般的浮沉歷練呢？

是的，人生一世也不過宛如過客，此身如寄，又何必這般在意眼前的別離？

或許，在另一個時空裡，我們依然可以言笑晏晏，相依相隨。

讓我們以更寬闊的胸懷，來看待此生的所有功課吧。不論別離，不論死生，其中都有上天的深意，原是要我們在不斷的學習裡，更懂得謙卑有容的重要，更清楚慈悲喜捨的力量。

再讀一次這首詩，依然覺得詩好。如果說，友誼難捨，那麼，親情又如何呢？的確，當我們擁有豁達的胸襟，包容世間的坎坷和不幸，又何必淚眼相對？

讓我們以珍惜的心，來看待今生一切的好緣吧。

清・王士禛（一六三四～一七一一）

【簡介】

字貽上，號阮亭，別號漁洋山人，人稱王漁洋，諡文簡。生於世代皆官宦的家庭，祖父為明朝布政使。自幼聰穎，尤喜賦詩。清朝順治年間中進士，康熙年間官至刑部尚書。博學好古，多才多藝，詩、散文與詞皆出色，詩與朱彝尊並稱，也精通金石篆刻、書法。

詩文有大量名篇傳世，才華受康熙皇帝的賞識，下詔要其進呈詩稿，常得到御賜字畫。詩名揚天下，仕途平步青雲，為清初文壇公認盟主。勤於著述，有《漁洋山人精華錄》、《池北偶談》等五百餘種。

【文學評價】

詩擅長各體，尤工七絕。論詩創神韻說。早年詩作清新，刻畫工整，中年以後轉為蒼勁雄健。

《四庫全書總目提要》評曰：「士禛等以清新俊逸之才，範水模山，批風抹月，倡天下以『不著一字，盡得風流』之說，天下遂翕然應之。」

中國現代作家錢鍾書於《談藝錄》中評其詩：「一鱗半爪，不是真龍。」

飲者

你喝酒嗎？我喝茶。

為什麼不是酒呢？想想連李白都說：「古來聖賢皆寂寞，惟有飲者留其名」，一醉可解萬古愁，豈不是大樂？

那麼喝酒吧？可是我不能。

從小，我不喝酒。哪有小女生喝酒的呢？家父的酒量一向很好，聽說我家大伯還有「酒大王」的稱號。我常猜想，說不定我也有著天生的好酒量，只是不自知而已。

後來我去教書，好多年以後，有一年居然抽籤得「觀摩教學」，還有來賓蒞臨指教，教學研討結束後，有一餐晚宴招待，或許是以示慰勞吧？來敬酒的人很多，我也就喝了。大家的風評是，酒量的確不差。

回家以後，可苦了我，全身都起了疹子，一夜不得眠，第二天看醫生、服藥，還挨了一針，情況才有了好轉。

怎麼會這樣？

醫生說：「妳對酒類過敏。」

從此，我對酒「敬謝不敏」。唉，一生中，我就只這麼痛快的喝過一回。

也許你會問：「很多同事都親眼目睹了妳的好酒量，會輕易放過妳嗎？」

其實，我的同事們也客氣，當我告知「醫生說我不能喝」時，他們也沒有強人所難，就讓我過關了。

只是，每當我看到別人大口喝酒，喝得豪邁，喝得淋漓盡致，不免心生羨慕；可惜，我再也不能喝了，空有好酒量，卻與酒絕緣，再也沒有任何表現的機會。

人生就是這樣吧？哪能事事如意呢。

然而，當我讀到明．鄭汝璧的七絕〈喜酒〉：

歸來三徑足生涯，門巷蕭蕭五柳斜。
聞道故人將酒至，開籬急為報黃花。

當我辭官歸回田園，有三徑就足以度過餘生，寂靜的門巷有五柳青青。聽說有故人重陽要送來好酒，急忙打開東籬，摘一把菊花相迎。

詩裡說的是大詩人陶淵明重陽節的故事，如此溫馨而有趣，多麼讓人悠然嚮往。唉，我不能喝酒，哪裡會有老朋友為我送酒來呢？想來，仍不免有幾分惆悵了。

從此，我更加明白，生命有它的局限，那麼，當我努力而略有所成時，我知道，固然我為此付出了辛勞，不曾懈怠；但並非一切都理所當然，其中仍有別人的善意和扶持，為此，我謙卑也感恩。

如今我還是不能喝酒，然而，我不能的事情又何其多，哪裡只有喝酒一項呢？我只做我力能所及的，而且認真的將它做到最好。我也十分願意為別人的成功而歡呼喝采，就像是我自己得獎一樣。我明白，他背後的堅持和努力，未必人人都看得到，但卻是令我感佩的。

不能喝酒，我只是喝茶，也覺得雲淡風輕，滿心歡愉。就在那一片氤氳裡，茶香瀰漫，彷彿另有一種雋永而美好的滋味。

我真心希望，屬於我人生的最終也是這樣。

明・鄭汝璧（一五四六～一六〇七）

【簡介】

字邦章，號昆巖，浙江縉雲縣人。明隆慶二年進士，始授刑部江西司主事，累遷至雲南司郎中。受到張居正的重用，對張居正的改革頗有助益。著作頗豐，有《律解》、《五經旁訓》、《儀制》、《同姓諸王表》、《功臣封爵考》、《臣謚類鈔》、《由庚堂詩文集》等。

溪邊閒坐

閒暇的時候，你做些什麼呢？

那些年，我的住處鄰近山水，有空時，我常到溪邊閒坐。

溪水潺潺，都是美麗的音符，足以滌盡俗慮，讓人寵辱皆忘。生活裡，有太多的紛擾，沒有誰是事事順遂的。「萬事如意」從來都只是祝福，未必可以當真。我們不曾經歷過生離死別、那種生命裡的大痛，已屬幸運。哪裡還能奢求其他？

心裡記起的是宋．蘇軾有〈東欄梨花〉的七言絕句：

梨花淡白柳深青，柳絮飛時花滿城。

惆悵東欄一株雪，人生看得幾清明？

暮春三月，看梨花綻放了淡白的笑顏，楊柳仍是一襲深青的衣裳，這時柳絮紛飛，花開滿城，真是一幅人間美景。看到東欄邊盛開的一枝梨花如雪，卻惹得我興起惆悵之情，春光這般易逝，人生如寄，一生中又能看得到幾次清明節的好景呢？

我常想，生活裡的離合悲歡都是上天送給我們的禮物，要讓我們多有學習。我的好朋友每愛說：「苦難，是化了裝的祝福。」也無非是提醒自己在面對困難時，能勇於承擔。有擔當、有作為，人生當然就會有豐收。

我喜歡閒暇時在溪邊小坐。看天光雲影，聽流水潺湲，大自然是這樣的清新美好，人間縱有不平事，難道不能「一笑泯恩仇」嗎？不論歡樂或憂愁都讓它隨著溪水流向遠方吧。歡樂，不會久留；憂愁，也不會恆久。世間的一切，原本都是變動不居的。這麼說來，「活在當下」才是真正有智慧的做法。

人生的這一遭或短或長，其實無須在意。是不是有意義和價值，方才值得深思。但願我所擁有的是精采，縱然短暫，也毫無遺恨。

然而，一切都是天意，又哪裡是我們所能左右的呢？認真的過好每一個日子，才是眼前最要緊的事。

宋・蘇軾（一〇三七～一一〇一）

【簡介】

字子瞻，號東坡居士。是北宋的文壇領袖，唐宋八大家之一，其詩、詞、賦、書、畫皆精通，是中國文學史上少見的全才。和父親蘇洵、弟弟蘇轍並稱「三蘇」。詩與黃庭堅並稱「蘇黃」，現存詩二千七百餘首，有詩文集《東坡全集》與詞集《東坡樂府》傳世。

從小熟讀經史，心懷壯志，二十二歲一舉進士及第。累官至端明殿學士兼翰林侍讀學士，禮部尚書。政治上偏向舊黨，反對新黨王安石激進的改革，但也不認同司馬光盡廢新法，因而在新舊兩黨間皆受排斥，致使仕途生涯坎坷。但在文學上有極大成就，是文學革新運動的主將，對詞的貢獻超越前人。打破原有的狹隘藩籬，清新豪健，對詩的影響也很深遠。

【文學評價】

其詩風格多樣，內容廣闊，風格或雄奇奔放，或富理趣或淡雅自然，還擅長以幽默曠達的筆調與新奇形象的比喻作詩，其中有歌詠自然景物與抒發人生感慨，皆表現出宋詩重理趣、好議論的特色。尤以長篇古詩博用比喻，氣勢奔放，語言流暢。

自然的真趣

自然裡有真趣，值得我們寶愛。

我常覺得，如果遠離了自然，我們是不可能快樂的。

宋詩裡，多有寫景，且來讀歐陽修的〈豐樂亭遊春二首其二〉：

紅樹青山日欲斜，長郊草色綠無涯。

遊人不管春將老，來往庭前踏落花。

四處但見有開滿紅花的樹和青翠的山巒，這時，太陽就快要下山了，廣闊的田野是一望無際的青草。到這兒遊春的人們，不在意春天就要逝去了，依舊在這庭前，來來往往的踏著落花呢。

紅花綠草，青山落日，都是美麗的圖畫。縱使春將暮，詩人惜春的心情依然讓人一覽無遺。讀這樣的詩，遊人踏落花，也可見遊興的高昂了……

紅塵擾攘，有太多的紛爭，我們一經陷落，便身不由己，掙脫何其不易。有了是非，就有曲直要判斷，私心一旦介入，天真很快的消弭，更要大嘆「現實生活有如樊籠」，內在的牽掛，最令我們無法悠閒自在。那麼，請來到大自然吧，聆聽山水的清音，才能讓我們緊繃的心弦得到徹底的鬆綁。

翻讀陶詩時，遙想當陶淵明厭惡官場酬酢，再不肯為五斗米而折腰，因此掛冠求去，歸回田園。那一刻詩人必然是載欣載奔，可嘆躬耕的生活艱苦，「草盛豆苗稀」，我們多麼心生不忍，或許，詩人未必在意這些，因為他的心靈是自由的，歸隱之後，他重新回返到自然的平靜和安詳，這也使得他的詩淡泊高遠，流傳千古。

世間什麼是得失呢？有時候也不易判斷，要看當事者的認定。然而，得失又常在同一件事上。有得，就會有失。如果說「鐘鼎山林各有天性」，從不同的角度來看，取決也會大異其趣。一方視之如拱璧的，一方則可能棄之如敝屣，差異竟有如天壤之別。

在人生的長河裡，我們除了堅持做對的事，做有意義的事，其餘的，也只能隨緣順性了。走到最後的一刻，一切的是非功過，自有定評。

然而，持續多麼不易，在我們沮喪、消沉的時刻，該怎麼辦呢？

我去尋山訪水，眼前的青碧，足以洗滌我們滿身的疲憊，心，因此得到舒展，彷彿有新的力量注入，花紅葉綠，鳥鳴蟲唱，那是天籟，輕輕的撫過，我們便不再覺得勞累，又能神采奕奕的面對工作上的各種挑戰。

我們其實都是大自然的兒女，只是離開久了，現實的習染又日深，居然遺忘大自然的種種美好。

四時都有佳興，只在於我們欣賞的眼和心。

當我們在大自然裡閒閒的走著，也看上天神奇的彩筆是如何揮灑出層層的綠意！重巒疊翠，有著怎樣讓人驚歎的美。綠，從來就是最能安定人們神經的顏色，盎然的綠意展現了這是一個平和、沒有紛爭的世界。

大自然是我們永遠的母親，它總是伸出雙臂，等待著你的來到，它也總是敞開胸懷，願意給你最大的安慰和鼓勵。

面對山水花木，就在我們的俯仰之間，大自然已處處彰顯了它的真趣。

宋・歐陽修（一〇〇七～一〇七二）

【簡介】

字永叔，自號醉翁，晚號六一居士，有《六一詞》傳世。是北宋詩文革新運動的領袖，為唐宋八大家之一。蘇洵父子、曾鞏、王安石皆出其門下。在散文、詩、詞方面都卓有成就。

為人勤學聰穎，宋仁宗天聖年間中進士，官至翰林學士、樞密副使、參知政事。一生著述繁富，成就卓越。不僅善於作詩，且時有新見，著《六一詩話》論詩，是中國文學史上第一部詩話，為當時與後世的詩作，產生了很大的影響。

【文學評價】

詩作風格與其散文近似，語言流暢自然。詩作在藝術上主要受韓愈影響，學習韓愈「以文為詩」，多數詩作為官場應酬、親友贈答類別，部分詩作沉鬱頓挫，結合敘事、議論與抒情，揭露社會黑暗，也有些詩作為詠物寫景，風格清麗俊美。

蘇軾為歐陽修〈居士集〉作序曾評他：「論大道似韓愈，論本似陸贄，紀事似司馬遷，詩賦似李白。」

宋朝曾慥《樂府雅詞》序：「歐陽公一代儒宗，風流自命。詞章窈眇，世所矜式。乃小人或作豔曲，謬為公詞。」

一生看得幾黃昏

所有的良辰美景都稍縱即逝，從來無法久留。會不會正由於這樣，也才令我們感傷不捨？

面對著黃昏的繽紛景致，心緒又如何呢？

詩人多情，黃昏的詩最是膾炙人口的，當屬唐．李商隱的〈登樂遊原〉：

向晚意不適，驅車登古原。
夕陽無限好，只是近黃昏。

傍晚的時候，因為心中覺得不愉快，就駕著馬車，到樂遊原去散散心。看到了即將落下的夕陽，是那麼的美麗，可惜已經是接近黃昏，很快就要消失了！

這般的貼切自然，也難怪成為千古絕唱了。

黃昏時，我獨自站在窗前，凝望著夕陽將天邊渲染成怎樣的瑰奇和美麗！造物者的神奇，遠在我們的想像之外。我們唯有暗自驚歎。

然而，這夕陽的美景也遲早都會被黑夜所吞噬，消逝得毫無影蹤，於是，我在黃昏的窗前，只覺得寂寞。

想起清．納蘭容若的〈蝶戀花．出塞〉中的名句：一往情深深幾許？深山夕照深秋雨。

落日的餘暉即將隱去，秋已深了，細雨紛飛，心中的情意既深且重。纏綿而多情，這詞是首選。

同樣都寫的是黃昏，佳詩好詞，多麼讓人感動。

我們每個人的心中都有一根細緻的弦，當眼前景，當書中文字，不經意間觸動了那根弦，就引發了共鳴，深刻而難忘。

在我們的一生中，多的是錯過。錯過的人事和物，實則難以估量。也是因緣的未能具足吧？既然明白了這個道理，就應該讓理性抬頭，而不是陷溺在傷悲的泥淖裡，無法自拔。

縱使今生得以緣會，匆匆卻要別過。又有誰能永遠相依相隨呢？那麼，相遇更要珍惜。在茫茫的人海裡，還有照面的歡喜，上天何其厚愛我們！

所以，寬闊的胸襟有必要。唯有懂得捨，才有可能得。

一生看得幾黃昏？一樹的繁花，終究會落盡。沒有誰能挽住歲月匆忙的腳步。生命如此飄忽，轉眼就要過去。細數人生，到底有多少次能以悠閒的心情來欣賞黃昏的美麗？

此時，晚霞正燦爛，可是有多少匆忙的腳步走過，又有誰抬頭仰望讚歎呢？到底寂寞的是人，或者竟然是被漠視的黃昏？

一支燭

我是一支燭，常在暗夜裡被點燃，當燭淚滴滴落下時，我有時歡喜，有時傷悲。

作為一支燭，點燃是宿命，為此寸寸短去，終至鞠躬盡瘁，也是必然的終結。

會有例外嗎？

如果不被點燃，的確可以長久置放。然而，不曾點燃的燭，全然失去了燭的使命，縱使存在，也已經沒有意義了。

你會希望成為那樣的一支燭嗎？

清朝的江陰女子有詩〈題城牆〉：

雪齒白骨滿疆場，萬死孤忠未肯降。
寄語行人休掩鼻，活人不及死人香！

雪中有屍骨布滿了疆場，烈士寧可戰死也不肯投降。傳語行人，休要捂住鼻子：苟且偷生的人還不及烈士芬芳！

這詩愛憎分明，熱烈稱揚了死難者孤忠的情操，也足以讓那些貪生怕死者羞愧無地。

即使是死，能重於泰山，為國捐軀，也已流芳百世，讓人敬佩。

我雖然只是一支燭，也是有心的。

我，會在不同的場合裡被點燃。

也許是生日宴，也許是各種紀念日，基本上是歡喜的，總有許多人前來慶賀，說話、唱歌、搞笑、耍寶……開心是主題，祝福是內涵。總是一團熱鬧的。

也可能是在一個肅穆的場所，如祭祀，不論是神或祖先，唯有莊嚴對待。他們都在天上，看著紅塵中不斷奔逐的男女，這樣的勞苦，到最後也不過是一場空，或許會心生悲憫吧。

身為一支燭，我的心為之繫，或歡愉或哀傷。

有一次，我就曾經看到一個孤單的男孩，夜晚時，獨自點起一支燭，對著自己唱：「祝我生日快樂！祝我生日快樂……」那樣的感覺很特別，他怎麼會自己一個人過生日的呢？畢竟，他還是祝福自己生日快樂。沒有錯失，也應該是歡喜的吧。

我最感動的是，那些即將成為護士的她們，將燈熄去，在黑暗中，逐一點燃著手上的蠟燭，那是天使的傳承，為病苦的人們持光引照，傳達屬於生命溫暖的訊息。

我是一支燭，卻無由決定自己會出現在怎樣的場合，其實，我也不曾關心。我在意的是，我必須點燃，散放光明是我的責任，即使我因此走向毀滅，也無所怨嘆。因為我已經認真的走完了自己的一生，不曾虛度，在我，就是一種盡責了。

誰為黑暗裡帶來光明？那就是我的驕傲。在許多淒風苦雨，狂颱過境，地震搖撼的時刻，是我陪伴著那些恐懼顫抖的心靈一起度過，因為光亮，而讓大家覺得溫暖。

我無憾，而在滴滴落下的燭淚裡，有我對這個世界的深情不捨。

江陰女子

【簡介】

〈題城牆〉是清兵攻破江陰城時，一個不知名的女子在城牆上所寫的詩。

成為自己的英雄

在書上讀到這樣的一句話：「是鴿子就當知道方向，是英雄就當有其本色。」據說是閻振瀛先生的生日感言。

我很喜歡。

在茫茫的人海裡，有多少人迷失了方向？有多少人得過且過、避談理想，甚至毫無夢想？那麼，沒有目標，沒有期許，茫然失措，甚至得過且過，因循苟且，他們所擁有的，又是怎樣的人生呢？

每一個人都有他的人生觀，不盡相同，各有所愛，原也無可厚非。我只是比較不能接受渾渾噩噩的生命態度，人生，應該是一場豐美之旅。虛度，不是太可惜了嗎？

那麼，你知道自己的方向嗎？

有一次，大作家梁實秋在接受訪問時，被問道：「有人說，『人生七十才開始』。您認為，人生，到底是從什麼時候開始呢？」

「當你懂得人生的意義，確定目標，人生就從那一刻開始。」

因為在這之前，渾沌不明，一片懵懂，對前景不曾思索，當然也找不到可以前行的方向。只是隨波逐流，在我的眼中，那樣的人生是沒有意義的。唯有認定前進的目標，認真而堅定的一往直前，那麼，每一個踏實的步履都是篤定而歡喜的。

如果鴿子都能明白自己的方向，又何況是人呢？

在這個世間，雖然說，平庸的人多而英雄少。即使如此，我們也不該放棄對英雄的仰望。雖不能至，心嚮往之。

讀清詩，讀到黃遵憲的〈已亥雜詩選一〉：

頸血橫糊似未乾，中藏耿耿寸心丹。

琅函錦篋深韜襲，留付松陰後輩看。

頭頸上一片血跡模糊，彷彿到現在都沒有完全乾掉，想他心中還存留著一顆忠誠的丹心。就暫且用玉匣來深藏他的頭顱，留給維新派的子孫當作典範來看吧。

這首詩寫於譚嗣同被害後一年，悲壯激越，寓意深刻。人皆有一死，然而耿耿丹心，若能因此喚醒國魂，則雖敗猶榮，雖死猶生……

英雄的本色在哪裡？我以為：果敢堅毅，雖千萬人，吾往矣。儘管我們未必做到，也應心生效法，因為，取法乎上，也僅得乎中。總不能如水之就下，只有沉淪一途。

上進，是艱難的。多少寒夜挑燈，孜孜矻矻，猶不肯罷休。享樂，卻也容易。多少衣香鬢影，繁華熱鬧，都是溫柔鄉，卻也消弭了志氣。

英雄的大開大闔，不避險阻，所表現出來的艱苦卓絕，非常人所能至。我們也可以謙卑學習，在與人為善裡，過快樂的人生。我們雖然永遠無法成為世紀的英雄，可是，我們可以不斷的追求卓越，日有進境，努力成為自己的英雄。
有意思的一句話，也為我們帶來了省思和啟發。
您是自己的英雄嗎？祝福您是。

黃遵憲（一八四八～一九〇五）

【簡介】

字公度，別號人境廬主人，廣東嘉應州（今廣東省梅州市）人。光緒二年中舉人，歷任駐日參贊、舊金山總領事、駐英參贊、新加坡總領事等職。戊戌變法期間，署湖南按察使，協助巡撫陳寶箴推行新政。著有《人境廬詩草》、《日本國志》、《日本雜事詩》等，被譽為「近代中國走向世界第一人」。

【文學評價】

工詩，喜以新事物鎔鑄入詩，有「詩界革新導師」之稱。以詩作的一句「我手寫我口」聞名。梁啟超云：「近世詩人，能鎔鑄新思想入舊風格者，當推黃公度」，又說「公度之詩，獨闢境界，卓然自立於二十世紀詩界中，群推為大家」。

錯過，有時也是一種好

年少的時候，我常因為錯過而懊惱不休。為什麼要錯過呢？不是太可惜了嗎？怎麼會這樣的不小心，錯過，是多麼大的遺憾！

長大以後，慢慢的，我了解，錯過，也來自因緣。想必是準備依然不夠周延，機緣尚未完全成熟，於是才造成無法水到渠成。如果這樣，那麼，失之交臂，也是可以理解的。無須傷悲，倘若那並不屬於你的，縱使擁有，想也只是短暫，終究又會失去。

何況，人生不如意事，原本就很多。

有一天，我讀到清．蔣士銓的〈讀昌黎詩〉：

巖巖氣象雜悲歌，浩氣難平未肯磨。
自古風騷皆鬱勃，人生不得意時多。

風格險峻，高唱著慷慨悲歌，心中浩氣凌雲，哪裡肯被磨滅。自古以來，風騷鬱結著不平之氣，人世間畢竟失意的時候多。

其實，這些人世的高低起伏，順逆更迭，都宜以平常心來看待。當機會遠揚，許多人事物因而不再，其實是各有因緣的。錯過，有時候也是一種「好」。

它給了你一個很好的教訓，足以讓你痛定思痛，改正前非。那麼，往後的戒慎恐懼，穩紮穩打，便足以奠定成功的基石。前事不忘，後事之師。古有明訓，也的確值得惕厲。

它讓你學會謙卑。即使煮熟的鴨子，也可能因大意而飛走。與其悔恨交加，不如努力學習。若說「人算不如天算」，倒不如謙虛為懷，埋首耕耘。只要我們願意低下頭來，承認一己的不足，虛心接納所有的教誨，必然得有更好的明天。

它令你豁達。盡人事，聽天命。既然已經盡力而為了，那麼，成敗就交給上天吧。機會來時，把握住，固然好，如果錯過，相信上天另有旨意。不放棄努力，卻也不過度在意錯過，擁有這樣的人生，會更快樂一些吧。

希望我們都能走在更好的人生路上，然而，人生也是一場學習之旅，要為得到而感恩，卻不必為錯過而流淚。

因緣會來來去去，因此，結善緣，多麼的重要，努力更是必須，因為那是我們手中能真正掌握的。那麼，錯過的，還有可能以另一種面貌重來，我願意這樣的相信。

清・蔣士銓（一七二五～一七八四）

【簡介】

字心餘、苕生，號藏園，又號清容居士，晚號定甫，鉛山（今屬江西）人。乾隆二十二年進士，官翰林院編修，辭官後主持蕺山、崇文、安定三書院講席。作品《忠雅堂詩集》存詩二千五百六十九首，存於稿本的未刊詩數千首，其戲曲創作存《紅雪樓九種曲》等四十九種。

【文學評價】

精通戲曲，工詩古文，與袁枚、趙翼合稱「江右三大家」。王昶將其詩列為「當代之首」，在《蒲褐山房詩話》評論道：「諸體皆工，然古詩勝於近體，七言尤勝於五言，蒼蒼莽莽，不主故常。」袁枚《忠雅堂詩集序》推崇說：「搖筆措意，橫出銳入，凡境為之一空。」梁啟超稱他是「中國詞曲界之最豪者」。

悲喜人生

人的一生不也像是鐘擺嗎?擺盪在悲和喜之間。

不能冀望時時歡喜,那太奢求了;也不至於處處傷悲,那太寒涼了。上天會給你負荷,也是一種磨練和學習,卻不至於讓你沉重到承擔不起。

今年,我們的大學同學會在中部霧靄煙嵐的溪頭舉行。

溪頭的美,在青山綠水相伴。

記憶裡的溪頭有雨。往昔去玩時,不是遇上夜晚有雨就是清晨有雨,這次呢?午後就下了,當我們的車子蜿蜒在山徑時,滂沱的大雨就開始發威了,讓視線變得很差,幸好開車者技術一流,方能平安抵達。

好多同學都來了,在這人生的黃昏時刻,我們還能相聚一堂,也算因緣殊勝了。有太多生命的故事可以分享，因為真實，更讓人為之動容。

他在畢業以後，考進《中華日報》當記者。中文系跨足新聞工作，在早年少有這樣的例子。沒有學長可以援引照應，沒有家世背景可以得到庇護，他靠著自己的努力，把冷門的路線跑成了熱門，採訪的熱誠，寫稿的精采，就這樣，走出了個人美好的前程。

當他跑沒人理會的醫藥新聞時，長官跟他說：「如果你沒有藥學系的文憑，恐怕很難使讀者信服。」為此，他進學校去讀了藥學系，甚至考取了藥劑師的執照。再過幾年，學而後知不足，他回母校讀了一個碩士學位。他更令人稱道的，在勇於任事，實務經驗豐厚，所以在工作上迭有升遷。他從基層做起，一步一腳印，故而清楚基層人員的心聲。沒有僥倖，從不好高鶩遠，他終於成為報社的社長，他所經營的報業是臺灣最賺錢的。非常的了不起！

另外有個男生，喜歡化工，還研發了汽機車的清潔保養品，可以護漆防鏽。早年的時候，臺灣的這一類市場幾乎全都是外國產品充斥，價錢極為高昂，他便宜的國產品嘉惠了無數人，也大發利市。就這樣，一面教書一面經營生意，也曾經歷過商場危機，雖然化險為夷，但壓力太大了，幾乎損及健康……

更多的同學去教書，也有屬於一己的悲歡，但大抵過著平順的生活，沒有飛黃騰達，但是平淡安寧就是福氣。

很高興，別後多年，我們還能相逢在美麗的溪頭。山光雲影都如夢，不變的是彼此的關懷，友誼依舊散發著清芬。

世間的繁華都將落盡，縱有靡麗，轉眼也成空。誰沒有經歷過人世的滄桑呢？然而，當我們重相聚首，就放下紅塵的執著吧。放下，我們才真正釋放了自己，也才得著身心的自由。

我們在山徑上閒閒的走著，溪頭清幽，多的是盎然的綠意。真希望自己是山上的一棵樹，天邊的一朵雲，紅塵俗事都已忘卻，不足掛懷，以共此有情世界。

然而，溪頭相會，也終要告別。

南朝的沈約，有〈別范安成〉的詩：

生平少年日，分手易前期。
及爾同衰暮，非復別離時。
勿言一樽酒，明日難重持。
夢中不識路，何以慰相思？

從前我在年少的時候，每遇別離時，總以為再見容易。如今我跟你都步入了晚年，不比當初別離時。別說這只是一杯薄酒，到明天或許再難共舉。夢裡不認得往返的路途，我的思念，該用什麼來慰藉？

質樸的詩句，卻又字字真摯感人，是一首多麼深情的詩。

世上沒有不散的筵席，終究要各別西東……

人生多有悲喜，我以為，那也是一種教導，讓我們多得智慧，更能以悲憫的心看待世事。

南朝・沈約（四四一～五一三）

【簡介】

字休文，南朝史學家、文學家，吳興武康（今浙江省武康縣）人。出身世族，家族地位顯赫，所謂「江東之豪，莫強周沈」。父親沈璞，於元嘉末年皇族爭位時被誅。沈約離居他鄉，篤志好學，博通群書，擅長詩文。仕劉宋、蕭齊、蕭梁三朝。著有《晉書》、《宋書》、《齊紀》、《邇言》、《謚例》、《宋文章志》等作品，並撰《四聲譜》。除《宋書》流傳至今外，多已亡佚。

【文學評價】

詩文兼備。當時有許多重要詔誥出自於他的手筆，在齊梁間的文壇深負重望。《南史》稱：「謝玄暉善為詩，任彥升工於筆，約兼而有之，然不能過也。」鍾嶸《詩品》將其詩作定為中品，評曰：「觀休文眾制，五言最優。詳其文體，察其餘論，固知憲章鮑明遠也。所以不閑於經綸，而長於清怨。永明相王愛文，王元長等皆宗附之。」鍾嶸以「長於清怨」概括沈約的詩風，這種清新中透露著哀怨感傷的情調，主要表現在他的山水詩和離別詩中。在「永明體」詩人中，沈約占有重要地位。

有如旅途

人的一生有如旅途。

當我們的工作繁重，生活緊張，彷彿捲入一場戰鬥之中，要眼明手快，要制敵機先。似乎只要我們暫緩腳步，就已遠落人後，有誰甘心成為一個落伍的人呢？於是，我們殫精竭慮，奮力向前。但，長此以往，有一天，厭倦竟如狂浪襲來，我們的心弦緊繃，再也不見琤琮悠揚的樂曲流溢而出了。

如果，我們能改換以旅遊的心情來面對生活，也許就不同了。有泉石激越，也有溪水輕吟；有懸崖峭壁，也不乏天光雲影；有山窮水盡的黯淡低沉，也另有柳暗花明的豁然開朗。相異的人生境遇，常讓我們悲喜交集，也將人生給編織得分外迷人。在旅途之中，我們得以認識不同的人，給我們深思和啟示，也使我們的旅途，有相逢的愉悅，也有別離的淒楚。不同的驛站，帶來的感受各殊。事過境遷不免帶來落寞，而相熟的好友一個個走遠也讓人感到泫然。但是，當歲月飄逝，也必然留下了痕跡，也許是一束書信，一疊照片……或者是一個溫馨的回憶，都將豐富了我們的人生。

緣至則聚，緣盡則散。人間是這樣，人和物又何嘗不是如此呢？想要永遠保有，常是奢望，自不免為之痛苦了。倒不如，在擁有時善加珍惜，失去時也無須空留遺恨。用心思考，認真生活，注入更多的美和善，是不是我們會因此更加快樂一些呢？

有的人細膩多感，難免傷春悲秋。有一天，我讀到宋．朱淑貞的〈傷別二首其二〉：

雙燕呢喃語畫梁，勸人休恁苦思量。
逢春處處須縈恨，對景無時不斷腸。
寒食梨花新月夜，黃昏楊柳舊風光。

繁華種種成愁恨，最是西樓近夕陽。

一雙燕子在雕畫的屋梁間不停的呢喃細語著，好像在勸人不要這樣的苦苦思量。每到春來觸目所見，總是縈繞著悲恨，縱然面對好景，竟也無時不痛斷肝腸。不論寒食梨花或新月初上的夜晚，也不論黃昏楊柳或舊日相同的風光。種種繁華靡麗都翻成了心中的愁恨，最是令人傷心處，是獨自人在西樓又時近夕陽西下。

詩人難以排解的是失去美好的深刻悲傷。可是，這般的痛苦又有什麼意義呢？觸景傷懷，無盡的哀傷，也只讓人斷腸，遠離了正向思考，痛苦更容易乘機而入了。

你會喜歡這樣的人生態度嗎？

或許，我是比較樂觀而天真的。

且讓我們都擁有寬闊的胸襟，心中如果只有自己是太狹隘了。當我們凡事不僅只為一己打算，而能把天下蒼生也列於前，能愛他人甚於愛自己時，生命才能綻放出光彩來。

關懷和愛，將為這個世界點燃起更多的溫馨，我們能不盡力去做嗎？如此，即使我們走在灰暗蒼茫的暮色裡，內心的深處也依然湧現陣陣的暖意，也才不負走了這樣一趟生命的旅途。

宋・朱淑貞（生卒年不詳）

【簡介】

又作朱淑真，號幽棲居士。生卒年不詳，大約是一一三五～一一八〇年南宋初在世。關於她的籍貫身世，歷來說法不一，一說原籍歙州（今安徽歙縣），《四庫全書》中定其為「浙中海寧人」，一說「浙江錢塘（今浙江杭州）人」。生於仕宦家庭，幼穎慧，善書畫，工詩詞。後人將她與李清照、薛濤、唐婉等人，並譽為「中國歷代十大才女」。過世後其作品被父母付之一炬，劫後餘篇就收錄在《斷腸詩集》、《斷腸詞》中。

【文學評價】

其詩詞多抒寫個人愛情生活，早期筆調明快，文詞清婉，後期則頗多幽怨之音，世人稱其為「紅艷詩人」。作品常與李清照相提並論。

楊慎《詞品》云：「詞則佳矣，豈良人家婦女所宜邪？」吳衡照《蓮子居詞話》指出：「易安『眼波才動被人猜』矜持得妙。淑真『嬌痴不怕睡人懷』放誕得妙。均善於言情。」

九　歌　文　庫　1357

月下讀詩

52則傳遞感動和溫度的雋永詩句

國家圖書館出版品預行編目（CIP）資料

月下讀詩：52則傳遞感動和溫度的雋永詩句／栞涵著. -- 初版.
-- 臺北市：九歌出版社有限公司, 2021.8
面；14.8 × 21公分. --（九歌文庫；1357）
ISBN 978-986-450-353-7（平裝）
863.55　110008502

作　　者——栞涵
責任編輯——張晶惠
創 辦 人——蔡文甫
發 行 人——蔡澤玉
出　　版——九歌出版社有限公司
臺北市105八德路3段12巷57弄40號
電話／02-25776564・傳真／02-25789205
郵政劃撥／0112295-1

九歌文學網　www.chiuko.com.tw

印　　刷——晨捷印製股份有限公司
法律顧問——龍躍天律師・蕭雄淋律師・董安丹律師
初　　版——2021年8月
定　　價——320元
書　　號——F1357
I S B N——978-986-450-353-7